U0694945

谨以此歌词选献给爱我的人和我爱的人……

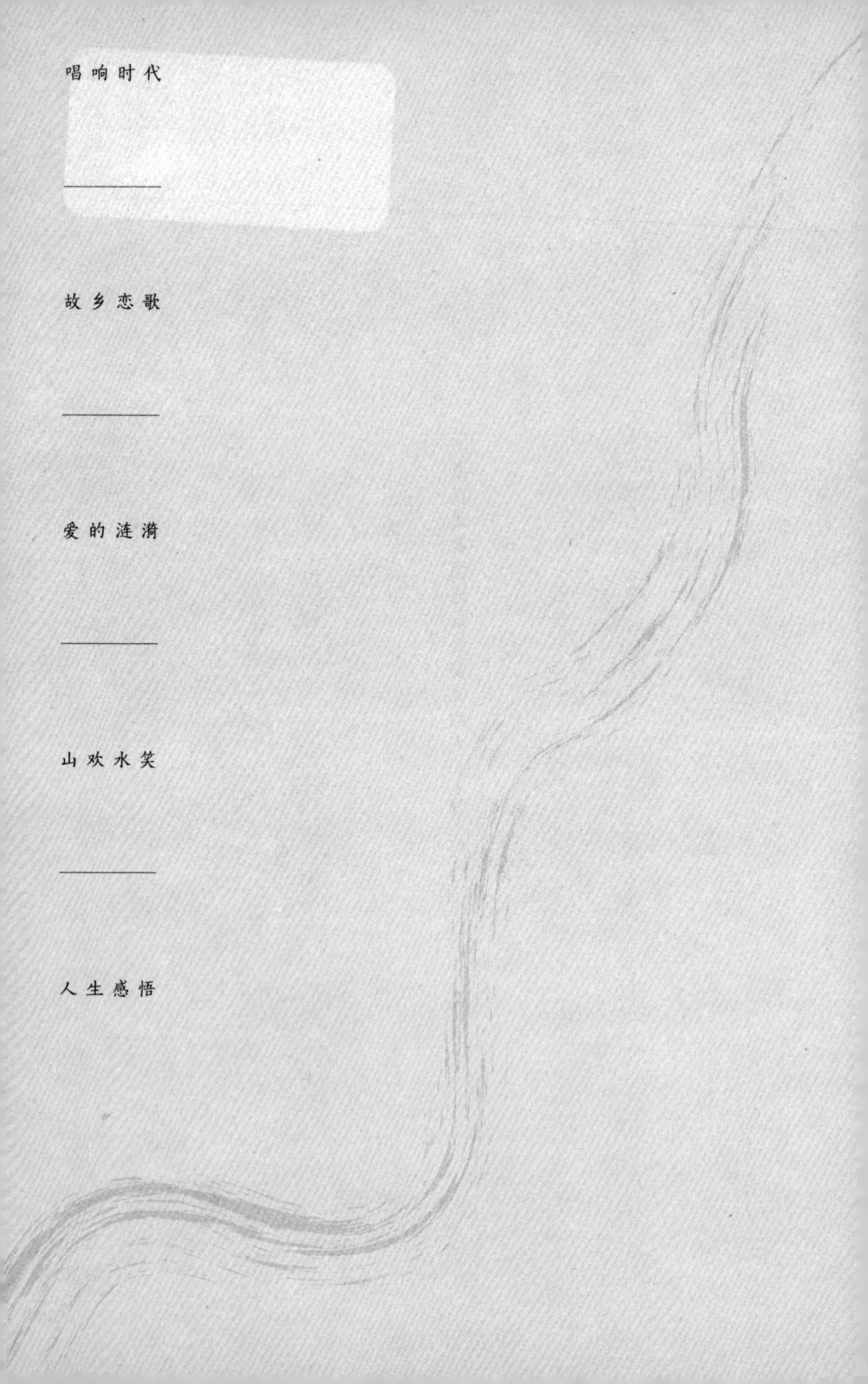

温立新 著

朝向未来

温立新原创歌词选

四川大学出版社
SICHUAN UNIVERSITY PRESS

项目策划：徐丹红
责任编辑：徐丹红
责任校对：周　颖
封面设计：阿　林
责任印制：王　炜

图书在版编目（CIP）数据

朝向未来：温立新原创歌词选 / 温立新著．— 成
都：四川大学出版社，2020.12（2023.9重印）
ISBN 978-7-5690-4077-7

Ⅰ．①朝… Ⅱ．①温… Ⅲ．①歌词集－中国－当代
Ⅳ．① I227

中国版本图书馆 CIP 数据核字（2020）第 266291 号

书　名	**朝向未来：温立新原创歌词选**	
	Chaoxiang Weilai: Wen Lixin Yuanchuang Geci Xuan	
著　　者	温立新	
出　　版	四川大学出版社	
地　　址	成都市一环路南一段 24 号（610065）	
发　　行	四川大学出版社	
书　　号	ISBN 978-7-5690-4077-7	
印前制作	成都跨克创意文化传播有限公司	
印　　刷	永清县晔盛亚胶印有限公司	
成品尺寸	148mm×210mm	
印　　张	12.5	
字　　数	291 千字	
版　　次	2021 年 1 月第 1 版	
印　　次	2023 年 9 月第 2 次印刷	
定　　价	80.00 元	

版权所有 ◆ 侵权必究

◆ 读者邮购本书，请与本社发行科联系。
　电话：(028) 85408408/ (028) 85401670/
　(028) 86408023　邮政编码：610065
◆ 本社图书如有印装质量问题，请寄回出版社调换。
◆ 网址：http://press.scu.edu.cn

四川大学出版社
微信公众号

我的音乐挚友温立新（代序）

　　这些年，温先生在《军营文化天地》《上海歌词》《北方音乐》《歌海》《张郁文箱》《歌词作家》《华夏词韵》《北方歌词》《词林》《新歌诗》《华人歌词》《徽风词刊》《大山峡歌坛》《当代词人》《万泉河》《新歌坊》等音乐刊物上发表歌词380余首，歌词由作曲家谱曲的发表320余支。温先生系中国诗歌学会会员、中国音乐文学学会会员、中国音乐著作权协会会员、高级公证员。写诗歌曾在社会上产生良好的影响，2010年5月，四川大学出版社出版了一部温先生创作的有600首诗的诗集：《浪花吟》，成绩斐然。该书由首都图书馆、天津市图书馆、四川省图书馆、四川大学图书馆及复旦大学图书馆、厦门大学图书馆等67个图书馆收藏。

　　温先生退休以后步入词林，又在歌词创作上展现风采。他的原创歌词曾获国家级金奖两次，银奖两次，铜奖一次。《我们对母亲尽情诉说》，于2012年10月获中国大众音乐协会全国大型音乐活动金奖。《朋友》于2012年8月获"2012青春中国"全国青少年题材音乐作品评比金奖。《炎黄子孙美丽故乡》于2011年8月获中国大众音乐协会、文化部当代音乐艺术学院和中国音乐文化促进会联合主办，庆祝中国共产党成立90周年"唱支颂歌给党听"二等奖，选入黄胜泉主编的《百年中国千家词》。《祖国啊，请你检阅》，于2012年7月获《中国音乐杯》首届世纪华人原创歌曲邀请赛银奖。《旭日》在2013年6月获长白山音乐文学学会和香港音乐文学学会共同举办全国第二届短歌词大奖赛活动铜奖。《我爱你中国》由孙龙韬作曲，收集在2013年《春节联欢晚会征集活动作品集》40首，煤矿文工团赵越演唱，中国音乐家音像出版社出版发行。《放牧曲》由曹占群作曲，江西省军区政治部文工团许佳演唱，入选2014—2015年度中国百首优秀原创歌曲，由中国科学文化音像出版社出版发行。《鲁西有个小村庄》由张郁作曲、张晓丽演唱，在网络广受欢迎。

温先生的歌词热情奔放，以讴歌伟大的祖国、歌唱伟大的党、颂扬各族人民大团结为主题。如《我爱你中国》，开篇落笔不凡："我爱你中国，青春似火朝气蓬勃。我爱你中国，人民幸福安宁生活。我爱你中国，肩负重任做挑战者。我爱你中国，激情谱写壮丽的歌。我爱你中国，腾飞自豪走向世界。我爱你中国，顽强拼搏事业红火。我爱你中国，为你争光增彩添色。我爱你中国，高举旗帜唱响战歌！亲爱的祖国，五十六枝花多姿婀娜。你日新月异，走向未来气势磅礴！"激情强烈，表达人们对祖国的深情厚爱，作者仅用八个排比，就烘托主题，读后使人精神振奋。

2011年我在音乐刊物上，首次拜读温先生的两首歌词，《浪花颂》和《小河的钟情》，她像吸铁石一样吸引我。浪花与小河本是大自然普通现象，然而作者却赋予它生命力，是那样鲜活那样可爱。作者这样描绘浪花："浪花银白机灵活泼，时尚亮丽壮观独特。风里雀跃浪里闪烁，在浩荡的激流追逐奔波。独创一派自成体系，举止精彩反复起落。不断追求创新开拓，充分发挥不把机遇错过。浪花点缀滔滔大海，美化滚滚大江大河。自强不息朝气蓬勃，站在风口浪尖夺魁拼搏！浪花高雅伶俐洒脱，勇往直前永不退缩。风浪造就坚强性格，脱颖而出浩瀚展示自我。驾驭惊涛波澜壮阔，塑造完美有声有色。百媚千娇唱响战歌，置身汹涌澎湃轰轰烈烈。继往开来努力作为，气势宏大含情脉脉。小巧玲珑招人喜爱，你是有勇有谋的佼佼者！"读后增强信心，激励斗志，给人美的启迪。再读《小河的钟情》："一条长龙蜿蜒曲折，浪花喜追逐荡漾碧波。胸怀坦荡义无反顾，奔赴浩瀚与惊涛汇合。梦寐以求波澜壮阔，施展才智尽显弄潮本色。朝着目标不怕遥远，重新塑造崭新的自我。天真活泼真挚心切，憧憬未来永追求卓越。坚定不移兴致勃勃，日夜兼程留下一路歌。一颗思恋终于如愿，在风口浪尖欢快集结。大海热烈张开手臂，拥抱接纳多情的小河！"一幅美丽画卷展现面前，栩栩如生，活龙活现。很快我完成谱曲，发在《华人歌词》上，这是我们合作的开始。

温先生写的歌词内容广泛，语言精练，通俗易懂。有的抒发爱国之情，有的反映部队战士生活，有的描绘祖国大好河山，有的记述人生奋斗，有的诉说游子对故土的思念，有的歌颂忠贞不渝的爱情。作者能在情上下工夫，读后令人震撼！如《老夫老妻》："夕阳五彩缤纷格外绚丽，夫妻形影不离如胶似漆。牵手几十年共同度风雨，如今倍加体贴细心照理。我才貌双全你亭亭玉立，双双爱慕有缘走到一起。是我让你感到幸福甜蜜，你的存在使我快乐无比。亲爱的咱再爬一次大山，我搀扶着你仍旧有力气。亲爱的咱再划一次小船，让过去的美好铭刻记忆。夕阳景色呈现诗情画意，相敬如宾情深恋恋偎依。时光流逝把咱青丝染白，我含泪诉说多么的爱你！"这一对老夫老妻，共同生活几十年，追思沉醉在幸福之中，对未来充满信心，是一首歌颂夕阳红的赞歌！

2012年8月，刊发在张郁文箱的《不见故乡蜿蜒小路》写得也很投入："游子追寻着往昔，不见故乡蜿蜒小路。新楼房拔地而起，山上山下长满果树。我过去的那影子，记忆犹新脑海浮出：妈妈领我小路上，咿呀学语蹒跚学步。不忘与姑娘约会，小路听醉我的倾诉。美丽的花蝴蝶呀，兴致为我翩翩起舞。漂亮的小燕子呀，跳到我肩上唱新谱。阔别故乡二十载，参军扛枪守卫疆土。小草竟然认出我，赞叹赤子帅气英武。我在故乡沉醉了，颂歌从心窝里飞出。"歌词表现出主人公对家乡深厚情怀，接着作者把笔锋一转："故乡的弯弯小路，伴随我欢笑与幸福。小路随时光消失，可是在我心中永驻！"主人公从故乡参军入伍，当他回到久别的故乡，心中不忘故乡对他的养育之恩。幼年的时候，在小路上跟着妈妈，咿呀学语，蹒跚学步。青年的时候，与姑娘谈情说爱，小路也听醉相互的倾诉。改革开放使家乡发生巨大变化，蜿蜒小路不见了，旧址变成果园和新建楼房，主人公不禁感慨万千！

温先生写的歌词，有个共同特点："就是时尚大气，通俗易懂，富有哲理，耐人寻味，具有音乐性、文学性和教育性。歌词有曲是歌，无曲是抒情小诗，作品积极向上给人美的启迪。"目前，我给温先生创作的歌词谱曲200余首，均发表在音乐刊物上，我们配合默契成为挚友。希望温先生再接再厉，继续努力，写出更多、更好的歌词来，歌唱我们伟大的祖国，赞美我们伟大的时代！

左玉龙

二〇一九年六月

（作者是中国音乐文学学会会员、中国大众音乐协会会员、中国音乐文化促进会会员、中国音乐著作权协会会员、河北省音乐家协会会员。）

目录

第壹辑

唱响时代

我们去远方

我们去远方，
哪怕山高水又长。
重任敢担当，
勇往直前奋发向上。

一路攀高峰，
攻坚克难谱新章！

让理想放飞，
拼搏进取创辉煌。
追逐中国梦，
春色明媚洒满阳光。

中华儿女棒，
凯歌嘹亮震天响！

2014年12月16日

我爱你中国

我爱你中国，
青春似火朝气蓬勃。
我爱你中国，
人民幸福安宁生活。

我爱你中国，
肩负重任做挑战者。
我爱你中国，
激情谱写壮丽的歌！

我爱你中国，
腾飞自豪走向世界。
我爱你中国，
顽强拼搏事业红火。
我爱你中国，
为你争光增彩添色。
我爱你中国，
高举旗帜唱响战歌！

亲爱的祖国，
五十六枝花多姿婀娜。
你日新月异，
走向未来气势磅礴！

2012年8月30日

炎黄子孙美丽故乡

炎黄子孙美丽故乡，
巨龙腾飞张开翅膀。
群山欢跃翩翩起舞，

大河大江纵情歌唱。
民族团结坚强如钢，
锐意改革，共创辉煌。
经济搞活富了城乡，
天下太平兴国安邦。
任重道远知难而进，
憧憬未来前途无量。
中华繁荣蒸蒸日上，
英雄儿女向目标远航！

炎黄子孙美丽故乡，
巨龙腾飞万里翱翔。
春色满园鸟语花香，
流光溢彩歌声嘹亮。
意气风发斗志昂扬，
开拓进取，奋发图强。
走向富裕走向兴旺，
社会和谐幸福安康。
锦绣前程豪情满怀，
继往开来乘风破浪。
中华崛起天天向上，
英雄儿女向目标远航！

2009年8月17日

祖国啊，请你检阅

壮志凌云气壮山河，
风起云涌波澜壮阔。
我们是时代的英雄豪杰，
积极探索勇于开拓。
携起手，同拼搏，
中华昂首阔步走向世界。
万众一心创伟业，
祖国啊，请你检阅！

牢记使命肩负重托，
神州大地龙腾虎跃。
社会安定人们幸福生活，
向往未来追求卓越。
齐努力，唱战歌，
攀高峰一步一个新台阶。
胜利永属于我们，
祖国啊，请你检阅！

2012年7月12日

我们对母亲尽情诉说

中国从落后走向富强，
历经多少磨难曲折坎坷？

巍然屹立在世界东方，
像初升的太阳光芒四射。
赤子用汗水浇灌家园，
年年丰收喜获累累硕果。
神州日新月异换新天，
民族团结崛起努力拼搏。
展望未来，豪情满怀，
人民快乐幸福美满生活。
我们对母亲尽情诉说，
中华儿女不辜负您重托！

黄河呼啸奏响进军号，
长江滚滚气势雄浑磅礴。
攻坚克难迎接新挑战，
创造奇迹辉煌千秋伟业。
风起云涌英雄楷模多，
大地处处盛开艳丽花朵。
不懈的探索敢于超越，
肩负历史使命锐意开拓。
与时俱进，谋求发展，
各条战线传捷报奏凯歌。
祖国明天会更加美好，
巨龙腾飞遥遥领先世界！

2000年6月18日

放歌神州

五星红旗迎风飘扬，
旭日东升霞光万丈。
泰山巍峨雄伟壮观，
黄河滔滔长江涌浪。
古有嫦娥奔月神话，
今实现千年飞天梦想。
中华儿女勇于担当，
继续攀登为国争光。
高举旗帜面向未来，
意气风发斗志昂扬，
巨龙腾飞在蓝天翱翔！

五星红旗迎风飘扬，
锦绣神州披上盛装。
改革开放推动发展，
抓住机遇迎难而上。
科技创新成就辉煌，
民族振兴坚挺起脊梁。
追求卓越兵强马壮，
群情激昂凯歌嘹亮。
中国正实现复兴梦，
拼搏进取前途无量，
你吸引世界羡慕目光！

2015年6月30日

国庆放歌

节日的天安门广场，
是一片欢乐的海洋。
微风拂面歌声嘹亮，
五十六枝鲜花怒放。
啊，
展望未来前程似锦绣，
放飞梦想激情荡漾！

母亲培育我们成长，
知恩图报积极向上。
高举改革开放旗帜，
乘胜前进扬帆远航。
啊，
各民族兄弟欢聚一堂，
共祝祖国繁荣富强！

2011年9月27日

北京我为你歌唱

北京是祖国的心脏，
神圣庄严世人向往。
五星红旗迎风飘扬，
雄壮的进军号在这里吹响！

嫦娥奔月巡视太空，
沃土万里稻谷飘香。
事业兴隆蓬勃发展，
攻坚克难战果辉煌。
齐心协力斗志昂扬，
神州大地洒满明媚的阳光！

北京是祖国的心脏，
我凝望你激情荡漾。
警卫战士握紧钢枪，
日夜守护母亲的平安吉祥。
青春似火放飞理想，
锐意进取思想解放。
一路春风凯歌嘹亮，
憧憬未来心驰神往。
巨龙腾飞展翅翱翔，
坚强挺起中华民族的脊梁！

2013年1月21日

我为祖国骄傲和自豪

历史悠久光辉灿烂，
五星红旗飘扬着神圣庄严。
巨龙腾飞翱翔蓝天，
攀登高峰不畏艰难。

中国人民勤劳勇敢，
凝心聚力高瞻远瞩谋发展。
啊，
时代呼唤崛起复兴梦，
携手并肩同心同德齐向前！

热爱和平积极奉献，
展大国风范谱写壮丽诗篇。
对外合作互惠共赢，
在世界上影响深远。
科技先进攻克尖端，
日新月异欣欣向荣捷报传。
啊，
我为祖国骄傲和自豪，
你走在全球前头遥遥领先！

2015年6月13日

报效祖国为国争光

五星红旗迎风飘扬，
巨龙腾飞碧空翱翔。
各族人民心向太阳，
欢欣鼓舞纵情歌唱。
披荆斩棘斗志昂扬，
群情振奋气势豪放。

描绘蓝图放飞梦想，
神州崛起蒸蒸日上。
挑战未来追求卓越，
朝气蓬勃一路春光！

五星红旗迎风飘扬，
中华振兴国富民强。
万众一心知难而进，
坚持改革思想解放。
拼搏进取攀登高峰，
锦绣山河凯歌嘹亮。
承前启后继往开来，
一代新人撑起栋梁。
与时俱进再创辉煌，
报效祖国为国争光！

2011年4月19日

我与祖国

祖国母亲生机勃勃，
五十六枝花婀娜多姿舞婆娑。
根须深深扎进泥土，
万紫千红锦锈山河。
我愿化作一片小小绿叶，
点缀壮观风格独特。

我愿化作晶莹的甘露，
滋润五彩缤纷的花朵。
伟大母亲敬爱的祖国，
祝你兴旺蒸蒸日上红红火火！

祖国母亲朝气蓬勃，
五十六枝花怒放五十六支歌。
春意浓浓沃土辽阔，
年年盛产收获丰硕。
我愿化作柔和明媚阳光，
照耀温暖你的心窝。
我愿化作一缕缕春风，
吹拂禾苗茁壮荡绿波。
伟大母亲敬爱的祖国，
为了你更加美好我努力拼搏！

2009年4月4日

崛起的中国巨龙

滚滚黄河滔滔长江，
汹涌澎湃掀起巨浪。
凝心聚力共谋发展，
社会和谐兴国安邦。
科学技术进步成就辉煌，
事业兴隆如意吉祥。

民族团结群情激昂，
神州大地红红火火，
太平盛世人们幸福安康！

黄河奔腾长江歌唱，
浩浩荡荡威武雄壮。
开拓进取奋勇当先，
把握时机积极向上。
崭新的天地崭新的气象，
五十六枝花齐绽放。
春风吹拂锦绣前程，
一代新人茁壮成长，
中国巨龙屹立世界东方！

2014年4月22日

伟大的中华民族

追求卓越铸就辉煌，
黄河长江掀起巨浪。
科技进步促进发展，
神州飞船太空翱翔。
中华曾遭帝国侵略，
民族不屈奋起抵抗。
推翻头上三座大山，
努力拼搏挺直脊梁。

竭尽全力改变贫穷，
自力更生奋发图强。
啊，承前启后继往开来，
事业兴盛前途无量！

追求卓越铸就辉煌，
昆仑巍巍泰岳雄壮。
中华儿女团结向上，
勤劳勇敢志坚如钢。
挑战困难不惧艰险，
敢为人先勇于担当。
五十六枝花齐竞放，
感受春风沐浴阳光。
再接再厉谱写新篇，
国富军强人民兴旺。
啊，巨龙腾飞震撼世界，
我为祖国纵情歌唱！

2016年6月11日

龙的传人阔步走向世界

不辱使命肩负重托，
打造中华千秋伟业。
中华儿女朝气蓬勃，
信念坚定积极探索。

青春美好谱写华章，
可歌可泣英雄人物楷模多。
锐意进取创新开拓，
江河滔滔山岳巍峨。
我爱你亲爱的母亲，
奋起直追坚持不懈，
龙的传人阔步走向世界！

忠心赤胆满腔热血，
神州崛起事业红火。
鸟语花香满园春色，
辛勤耕耘收获丰硕。
民族团结携手合作，
我与祖国跳动同样的脉搏。
科技推动社会发展，
努力攀登顽强拼搏。
前途光明道路曲折，
敢于突破勇于超越，
祖国请听我为你唱颂歌！

2011年1月31日

当祖国需要我们的时候

当祖国需要我们的时候，
冲锋陷阵不怕风狂雨骤。

当祖国需要我们的时候，
大显身手争上游创一流。

敢于领先朝着目标冲刺，
高举旗帜迎接新的战斗。
豪放满腔热忱精神抖擞，
浓墨重彩描绘山河锦绣！

当祖国需要我们的时候，
浪漫潇洒谱写壮丽春秋。
当祖国需要我们的时候，
英雄挺身而出尽显风流。

肩负起时代的光荣使命，
胜利正频频向我们招手。
五十六个民族壮志定酬，
中国走在世界的最前头！

2013年4月8日

挑战未来

胸怀宽广，
像浩瀚海洋。
百折不挠，
意志坚强如钢。

英雄豪杰，
慷慨激昂。
啊，
扬起理想风帆，
征程远航！

挑战未来，
拼搏创辉煌。
牢记使命，
背负人民期望。
积极向上，
勇于担当。
啊，
咱为国泰民安，
保驾护航！

2012年4月19日

东方雄狮站起来了

中华民族崛起振兴，
肩负使命职责神圣。
擂响战鼓，冲向世界，
顽强拼搏重振雄风。
中华儿女满怀豪情，
任重道远，风雨兼程。

啊，

未来将会更加美好，

我们就是时代的精英！

青春焕发理想飞腾，

敢于夺魁攀登高峰。

风流尽显，气贯长虹，

雄鹰翱翔万里碧空。

开阔视野创新发展，

继往开来，众志成城。

啊，

东方雄狮站起来了，

坚定信念实现中国梦！

2015年6月21日

紫荆花
——献给回归祖国的香港

世界东方一颗璀璨明珠，

是一部催人泪下历史教科书。

香港的故事引举世瞩目，

让世人感悟留子孙后代拜读。

遭多少欺凌受多少悲苦？

浩瀚大海声嘶力竭嚎啕哭诉。

抗争列强高昂不屈头颅，
中国人民洗雪百年国耻民辱！

赤子回归心潮起起伏伏，
依偎在母亲怀里尽情地倾吐。
齐心协力描绘宏伟蓝图，
正腾飞崛起的伟大中华民族。

一片生机盎然万物复苏，
根扎沃土阳光照耀雨露充足。
展现婀娜多姿妩媚娇艳，
紫荆花绽放得更加光彩夺目！

1997年7月

万里长城

我登上雄伟的万里长城，
沉重的脚，
怎么也抬不起来了，
步子竟不敢再向前迈动。
此刻心灵深处隐隐作痛，
啊，
埋在地下的，
冤魂已睡熟，
他们正在梦中莫要踩醒。

倘若真的听到动静受惊，
先辈们会，
向我发问倾诉苦衷，
怎样答对一时难以理清。
用血泪筑成起伏的长龙，
啊，
留下了一道，
美丽的风景，
我采朵朵白花祭奠亡灵！

1997年7月

中英街界碑

香港原本属于中国，
却偏禁止华人逾越。
界碑见证遭欺凌的历史，
帝国横行随意宰割。
如今香港回归母亲怀抱，
颂歌嘹亮飞出心窝。
啊，
神州大地繁荣昌盛，
生机勃勃锦绣山河！

中华民族饱经折磨，

百年耻辱终于洗雪。
界碑目睹列强残酷欺压，
你义愤向人们诉说。
五十六枝花吸引了世界，
绚丽多彩风格独特。
啊，
真理"落后就要挨打"，
推动着腾飞的中国！

1997年7月

望月

中秋望明月，
热泪滚滚落。
隔水呼唤娘，
衷心祝福咱祖国。
海峡两岸骨肉亲，
源于炎黄血。
喜梦踏浪归，
情同手足难割舍！

故居黄河滨，
兄弟姐妹多。
大陆和台湾，
一个名字叫中国。

扑到娘的怀抱里，
高声唱赞歌。
祖国要统一，
心潮澎湃波涌波！

2010年5月12日

荷花

我从遥远故乡北国来，
来看望你美丽的澳门。
拥抱喜极而泣热泪滚滚，
中华儿女骨肉同胞亲。

你终于回到祖国怀抱，
感慨万端，精神振奋。
啊，事业兴旺风调雨顺，
荷花娇艳飘溢着芳馨！

澳门款待家中的贵宾，
咱血浓于水同源同根。
黄皮肤黑眼睛骄傲自豪，
一脉相承都是龙传人。

积极向上奉献赤子心，
勇于作为，开拓创新。

啊，如诗如画前程似锦，
荷花点缀着伟大母亲！

1999年12月

期盼花好月圆

同宗同祖，一脉相承，
血浓于水，亲如骨肉。
中华儿女是龙的传人，
老祖宗留下江山锦绣。
中华一家人同住蓝天下，
长城起伏黄河滚滚流。
大陆与台湾本是一体，
期盼花好月圆凯歌奏。
啊，
兄弟姐妹欢聚在一堂，
两岸同胞妙手描绘春秋！

肩负重任，风雨同舟，
崇尚美好，执著追求。
中华儿女共筑中国梦，
同心同德宏愿一定酬。
泰岳与阿里山遥遥相望，
伸出长臂亲切地握手。
待到实现祖国统一时，

神州山欢水笑放歌喉。
啊，
让我们一同举杯痛饮，
故乡产的醇香茅台美酒！

2016年6月21日

黄河滚滚大声呼唤

让爱在血液里流淌，
我们拥有同一个祖先。
中华儿女是一家人，
一脉相承世代永相传。
黄河滚滚大声呼唤，
母亲期盼喜聚合家欢。
大陆与台湾同呼吸，
骨肉难割舍山水相连。
阿里山的景色好美，
喝口日月谭碧水甘甜！

书写是一样的文字，
讲着老祖宗留的语言。
情同手足亲密无间，
五十六枝花芬芳娇艳。
就等祖国统一欢庆，
举杯痛饮鞭炮响云天。

同胞兄弟血浓于水，
齐心协力远航扬风帆。
阿里山的景色好美，
喝口日月潭碧水甘甜！

2015年6月24日

心心相印魂绕梦牵

我深深爱你阿里山，
阿里山的鲜花最艳。
中华儿女是一家人，
骨肉相连，亲密无间。
心心相印魂绕梦牵，
血浓于水情意无限。
分离之苦泪水涟涟，
肝胆相照，恩重如山。
月亮也有阴晴圆缺，
期盼欢聚团团圆圆！

我深深爱你日月潭，
日月潭的景色壮观。
祖先的血液心中流，
海峡两岸，同根同源。
祖国统一必定实现，
母亲声声亲切呼唤。

红旗飘飘捷报频传，
团结携手，共谋发展。
两岸统一指日可待，
届时鞭炮响彻云天！

2011年3月4日

盼

海峡两岸，骨肉相连，
分离之苦，饱经磨难。
风风雨雨，煎熬岁月，
风云多变不变是思念。

一种文字，一种语言，
一脉相承，一个祖先。
梦萦魂牵，日夜难眠，
期盼亲人团圆能如愿。

肤色相同，休戚相关，
中华儿女，亲密无间。
情如手足，肝胆相照，
母亲亲切声声在呼唤。

待到明天，喜讯频传，
祖国统一，花好月圆。

民族团结，携手并肩，
共建我们美好的家园！

2010年5月25日

公仆颂

以身作则一心为群众服务，
关心他们冷暖疾苦。
深入基层调查研究，
节假日与工人欢聚共度。
艰苦奋斗勤俭节约，
粗茶淡饭衣着非常朴素。
开拓进取拓宽思路，
你改革创新，高瞻远瞩！

立党为公执政为民的公仆，
把孤寡老人当父母。
给贫困的家庭资助，
千方百计引领人们致富。
抢险救灾站在前沿，
紧要关头毅然挺身而出。
运筹帷幄描绘宏图，
你造福一方，政绩显著。

老百姓的利益是根本，

切实可行务必落到实处。
你像活龙活现的雷锋，
又像雷厉风行的焦裕禄！

2015年6月12日

挑战未来

青春美好，
激情热烈。
风流尽显肩负重托，
锐意进取追求卓越。
提升境界，
拓宽视野。
忠于职守，
爱岗敬业。
改革创新大胆探索，
不畏艰险踏平坎坷。
锦绣前程，
高奏凯歌！

青春美好，
事业红火。
积极向上多智多谋，
中华儿女豪放洒脱。
挑战未来，

不断超越。
攻坚克难，
攀登高峰。
自强不息勇于开拓，
为了母亲幸福微笑。
齐心协力，
团结拼搏！

2010年11月3日

我们是时代的精英

朝气蓬勃肩负重任，
开拓进取，敢于创新。
祖国明天更加美好，
齐心协力，努力打拼。

高举旗帜坚定信念，
追求卓越，捷报频频。
创一流业绩勇当先，
我们是新时代的主人！

忠于职守廉洁奉公，
把握机遇，心想事成。
展望未来壮志凌云，
与时俱进，日夜兼程。

喜迎朝霞满面春风，
踏平坎坷，攀登高峰。
拓宽思路促进发展，
我们是新时代的精英！

2016年6月12日

中华是故乡

我的故乡是中华，
穿过千山越过了洋。
父老乡亲心连心，
兄弟姐妹情意长。
黄河浪涛耳畔响，
海外游子望故乡，
热泪盈眶呼唤："娘"！

我的故乡是中华，
兴旺崛起走向富强。
巨龙腾飞千万里，
继往开来创辉煌。
长江汹涌浪打浪，
域外赤子念祖国，
魂牵梦绕呼唤："娘"！

我的故乡是中华，
中华儿女斗志昂扬。
领袖指引向前进，
携手并肩奔远方。
身在异乡盼月圆，
每逢佳节倍思亲，
遥遥相望呼唤："娘"！

2000年4月6日

我为祖国唱支歌

万里江山万里画，
神州多娇兴旺发达。
中华儿女一家人，
携手并肩建设国家。
开拓进取攻难关，
排山倒海威力巨大。
日新月异换新天，
继往开来喜迎朝霞。

万里江山万里画，
巨龙腾飞振兴中华。
人民勤劳有智慧，
千难万险咱不惧怕。
朝气蓬勃创伟业，

斗志昂扬意气风发。
泰山压顶腰不弯，
顶天立地辉煌天下。

亲爱的祖国，
辛勤汗水为您流啊！
亲爱的祖国，
自豪热泪为您挥洒！

2000年1月7日

一定实现中国梦

满怀激情，
一路春风，
任重道远肩负使命。
众志成城，
攀登高峰，
雨过天晴呈现彩虹。
开拓进取，
顽强拼搏，
我们，
就是时代的尖兵！

追求卓越，
风雨兼程，

共同描绘美好前景。
神州大地，
绚丽多彩，
中华民族崛起复兴。
向着目标，
奋勇冲刺，
我们，
一定实现中国梦！

2016年6月10日

挺进唱战歌

无论成功或失败，
都会有收获。
朋友只要顽强奋斗，
就是佼佼者。
不怕路途多坎坷，
挺进唱战歌。
雨后彩虹绚丽多彩，
属于你他我！

刻苦钻研在探索，
坚定而执著。
鼓足勇气奔向目标，
攻关又突破。

心中燃烧一团火，
奉献光和热。
分享胜利后的喜悦，
努力再拼搏！

2011年3月3日

不经风雨哪有彩虹

朝气蓬勃，
满怀豪情。
积极向上，
潇洒从容。
肩负重任，
雷厉风行。
憧憬未来，
踏上征程，
啊，
咱把祖国装心中。
奋勇拼搏，
永攀登高峰！

克服困难，
意志坚定。
一路领先，
再展雄风。

前程锦绣，

风起潮涌。

不经风雨，

哪有彩虹?

啊，

明天将会更美好。

我们一定，

实现中国梦!

2012年8月2日

勇敢做挑战者

热血谱写春秋，

胸怀祖国，

放眼世界。

勇敢做挑战者，

执著追求，

肩负重托。

锦绣前程如画，

锐意进取创新开拓。

啊，

海阔任鱼跃，

冲上九天，

摘星揽明月!

热血谱写春秋，
继往开来，
顽强拼搏。
英雄豪杰辈出，
辛勤耕耘，
收获丰硕。
明天更加美好，
再攀高峰上新台阶。
啊，
辉煌在招手，
向着未来，
放声唱战歌！

2013年1月7日

朋友

朋友朋友，
关爱携起手。
壮志凌云，
阔步向前走。
苦乐共享，
英雄豪杰竞风流。
同心同德，
热血写春秋。
拼搏进取，

努力去奋斗！

朋友朋友，
情深意也厚。
与时俱进，
不怕风雨骤。
执著追求，
困难面前不低头。
高唱战歌，
前程似锦绣。
再接再厉，
争先创一流！

2012年8月8日

我们携起手

我们携起手，
五湖四海结朋友。
春光无限好，
前程似锦绣。
意气风发争上游，
妙笔绘春秋。
再接再厉做奉献，
顽强去奋斗！

我们携起手，
豪情满怀精神抖。
苦乐共分享，
壮志为国酬。
一路领先再加油，
凯歌频频奏。
拼搏进取铸辉煌，
业绩创一流！

2014年4月

朋友举酒杯

朝气蓬勃敢作为，
咱去支援大西北。
载歌载舞笑声脆，
即将奔赴新岗位。

锦绣前程添妩媚，
生活甜美有韵味。
啊，来吧，
亲爱的朋友们，
热烈豪放举酒杯！

肩负使命敢夺魁，
祖国蓝图咱描绘。

踏上征途战鼓擂，
攀登高峰献智慧。

中华巨龙在腾飞，
江山多娇景色美。
啊，来吧，
亲爱的朋友们，
尽情痛饮不会醉！

2013年1月5日

放飞理想

春风万里鸟语花香，
坚定信念，放飞理想。
时代主旋律已奏响，
中华儿女，不负重望。
承前启后继往开来，
劈波斩浪，扬帆远航。
改革创新思想解放，
进军的队伍浩浩荡荡。
一代新人茁壮成长，
走向未来，一路阳光！

打造美好幸福天堂，
锐意进取，前途无量。

科技进步成就辉煌，

再接再厉，目视前方。

攀登高峰拥抱月亮，

群山起舞，江河歌唱。

红旗指引胜利在望，

事业兴旺后浪推前浪。

万众一心拼搏向上，

碧空蔚蓝，万道霞光！

2014年10月12日

出征

——高校毕业生报名到最艰苦的地方锻炼发展，有的去西藏，有的去新疆。在告别仪式上他们作诗赋歌，载歌载舞

你支援西南我援助大西北，

山山水水频频向我们把手挥。

描绘一幅壮观美丽的蓝图，

各自即将奔赴不同工作岗位。

用知识和智慧点缀山川美，

一代骄子敢于弄潮在浪尖飞。

朝气蓬勃拼搏进取有作为，

一路向前冲刺的青年突击队！

风雨兼程路途坎坷曲折多，

我们坚定不移顽强百炼千锤。
滚滚长江水呀后浪推前浪，
憧憬未来朝向目标奋起直追。
尽职尽责为人民鞠躬尽瘁，
让青春火花迸发灿烂的光辉。
朵朵鲜花庆贺远征的人们，
姑娘载歌载舞激动得流热泪！

几十年后捋着白须再聚会，
山清水秀锦绣神州更加妩媚。
亲爱的朋友们高兴举起杯，
壮行酒醇香痛饮千杯不会醉！

2010年2月17日

面向未来
——与一位青年朋友共勉

美好的青春美好的年代，
我们肩负着重任豪情满怀。
进军的队伍多么雄壮气派，
中华儿女投身伟大的变革时代。

用聪明智慧去点缀未来，
用勤劳勇敢美化崭新世界。
五彩缤纷的鲜花争艳怒放，

那千江万河气势磅礴汹涌澎湃!

辉煌正朝我们频频招手,
发扬光大努力吧继往开来。
胜利的捷报传向四面八方,
开拓创新走向憧憬一身豪气在。

让我们去迎接新的挑战,
积极进取满腔热忱献厚爱。
唱给母亲的一支高昂颂歌,
朝气蓬勃奋发向上阔步向前迈!

2010年5月10日

告诉远方来的朋友

远方来的好朋友,
请到我小楼瞅一瞅。
日子过得很舒心,
知足常乐喜上心头。
夫妻恩爱趣味浓,
儿女孝敬情深意厚。
幸福美满喜洋洋,
粗茶淡饭大开胃口。
心情愉悦能延寿,
高声歌唱一展歌喉!

远方来的好朋友，
让我对生活谈感受：
不改初衷永追求，
拼搏进取力争上游。
前程美好似锦绣，
淡泊名利描绘春秋。
春光明媚照征途，
潇洒人生精神抖擞。
积极向上攀高峰，
追赶时代的新潮流！

2013年1月6日

青春回望

我们曾经风华正茂，
朝气蓬勃积极向上。
适逢春天播种时节，
微风吹拂洒满阳光。
挥汗如雨浇灌希望，
生机盎然茁壮兴旺。
恰如蓓蕾期待展示，
妩媚绽放争艳吐芳。
积极作为奋发进取，
海阔天空山高水长！

我们曾经风华正茂，
憧憬未来心驰神往。
沐浴在爱的海洋里，
精神抖擞潇洒豪放。
顽强拼搏凯歌嘹亮，
勇攀高峰铸就辉煌。
雄鹰展翅自由翱翔，
追逐太阳拥抱月亮。
倘若青春能够轮回，
我们会永远的守望！

2014年4月3日

畅想曲

曾经辉煌记载往昔，
心旷神怡一身豪气。
春意浓浓风光旖旎，
迎接挑战再接再厉。
阳光明媚和风吹拂，
与时俱进把握机遇，
努力拼搏闯出新天地。
啊，明天更加美好，
光荣是属于他我你！

曾经辉煌成为回忆，
坚定信念从头做起。
青春像绚丽的朝霞，
群策群力集思广益。
神州大地盎然生机，
携手并肩又创奇迹，
谋求发展开辟新领域。
啊，齐欢呼庆胜利，
把鲜花送给他我你！

2013年5月19日

感受温暖领略阳光

感受温暖领略阳光，
舒心快乐共同分享。
春色满园鸟语花香，
理想在春风里徜徉。
潇潇洒洒走向未来，
青春绚丽尽情释放。
播种希望收获辉煌，
幸福甜蜜写在脸庞，
奋发进取让梦飞扬！

感受温暖领略阳光，
乘风破浪扬帆远航。

英雄豪杰施展才华，
风流尽显迎难而上。
时代骄子拼搏顽强，
江山多娇霞光万丈。
巨龙腾飞万里翱翔，
胜利在呼唤着我们，
携手并肩放声歌唱！

2013年5月3日

我想领着你回家乡

香港文明又时尚，
是一位漂亮好姑娘。
我风尘仆仆赶来，
饱览俊美奇特风光。

你经历百年沧桑，
列强侵华耻辱难忘。
如今回归娘怀抱，
心潮澎湃热泪盈眶！

绚丽多彩的香港，
吸引世界友人目光。
谱写时代新篇章，
事业兴隆蒸蒸日上。

你是璀璨的明珠，
我拥抱你放声歌唱。
美丽的香港姑娘，
我想领着你回家乡！

2016年1月5日

追求奋斗是幸福

人生有坎坷，
道路无坦途。
只要肯努力，
就畅通无阻。
志存高远，
奋斗追求是幸福。
风流豪杰，
激昂写风骨。
啊，
拼搏进取，
神州大地展宏图！

未来更美好，
向目标追逐。
英雄儿女棒，
豪迈信心足。

肩负使命，
敢于担当有重负。
开拓创新，
做中流砥柱。
啊，
赞叹中华，
崛起的伟大民族！

2014年4月13日

艰苦地方展风貌

我们来自天涯海角，
亲如兄弟团结友好。
积极作为无私奉献，
风华正茂热情高。
哪里艰苦就在哪里展风貌，
你为贫困山区努力拼搏，
我给灾区流汗立下大功劳。
神州大地龙腾虎跃，
前程锦绣吉星高照，
日新月异万里江山娇！

我们来自五湖四海，
与时俱进争分夺秒。
朝气蓬勃奋发进取，

泰山压顶挺直腰。
红旗飘飘莺歌燕舞传捷报，
你为高楼大厦添砖加瓦，
我建设新农村把重担子挑。
长江滚滚黄河滔滔，
祝福祖国更加美好，
中华振兴凯歌震云霄！

2016年1月9日

中华民族走向复兴

披荆斩棘任重道远，
豪情满怀谱新篇。
积极进取高歌向前，
一心一意谋发展。
承前启后继往开来，
五十六枝花芳艳。
啊，
高举红旗争优创先，
举世瞩目捷报频传！

春风浩荡阳光灿烂，
顽强拼搏意志坚。
开拓创新甘于奉献，
敢教日月换新颜。

追逐美丽的中国梦，
攻坚克难勇登攀。
啊，
中华民族走向复兴，
巨龙腾飞翱翔蓝天！

2016年6月5日

我们是时代的先锋

肩负使命上征程，
扬我国威中华振兴。
共创伟业攀高峰，
波澜壮阔风起云涌。

开拓进取勇当先，
与时俱进重振雄风。
万众一心谱新篇，
东方巨龙腾飞长空！

长江后浪推前浪，
憧憬未来满怀豪情。
雨过天晴现彩虹，
战胜坎坷踏平泥泞。

努力拼搏做精英，

高歌猛进沐浴春风。
构建伟大中国梦，
我们是时代的先锋！

2016年1月4日

阳光灿烂

我来到这个世界，
如今高寿九十九。
目光依依不舍，
贪婪一步一回首。
生活美好绚丽多彩，
憧憬未来精神抖擞。
困难面前显身手，
英雄豪杰勇立潮头，
锐意进取光耀千秋。
当我闭上眼睛，
朋友，请把我的灰烬，
肥田壮苗迎丰收！

齐心协力勇当先，
攻坚克难同奋斗。
留恋青春过往，
拼搏创新争上游。
泰山巍巍莽莽昆仑，

长江滚滚大地锦绣。
意气风发奏凯歌，
开拓创新谱写风流，
不忘初心永远追求。
当我闭上眼睛，
朋友，请把我的灰烬，
撒入沙漠变绿洲！

2018年5月6日

曾经

曾经拥有风华正茂，
阳光照耀沐浴春风。
走过坎坷踏平泥泞，
艰苦创业大功告成。

道路曲折前途光明，
继往开来攀登高峰。
攻坚克难百折不挠，
追逐梦想意志坚定！

憧憬未来拥抱美好，
雄心勃勃兴致浓浓。
光阴流逝青春飘零，
一如既往心态平静。

瞄准目标再踏征程，
陶冶情操奉献忠诚。
迎接明天放声歌唱，
岁月如花夕阳如虹！

2016年1月3日

人生路上需要坚强

人生路上需要坚强，
既有智慧又有胆量。
无论顺境还是逆境，
正视现实不卑不亢。

善待友好奋发向上，
同情弱者热情相帮。
知恩图报心地善良，
光明磊落胸怀坦荡。

坚强成就人生辉煌，
积极作为敢于担当。
铁骨铮铮血气方刚，
风雨兼程一路歌唱。

将爱心奉献给社会，

意气风发斗志昂扬。
展望未来豪情满怀，
知难而进放飞梦想！

2016年1月9日

运动员进行曲

练呀练呀练，
顽强勇拼搏。
再创新记录，
我们是佼佼者。
啊，
奥运展雄风，
中国冲向世界！

练就硬功夫，
汗水汇成河。
流泪举金杯，
升国旗奏国歌。
啊，
接连创佳绩，
忠心报效祖国！

2000年1月

战士之歌

子弹推上膛，
握紧手中枪，
迎着暴风雪，
战士守边防。

世上有豺狼，
警惕眼睛亮，
重任挑在肩，
祖国心中装！

敌人敢入侵，
拼搏上杀场，
热血写春秋，
英勇铸辉煌。

中华儿女棒，
威武打胜仗，
军旗迎风扬，
凯歌传四方！

一二三四，
一二三——四！

2000年1月2日

战士

博大的胸怀，
傲然挺立像山脉。
激昂又慷慨，
肩负重任向未来。
世上豺狼在，
一身豪气抒情怀。
啊，
祖国一声令，
凯歌嘹亮震天外！

潇洒好气派，
威武阳刚写精彩。
热血铸忠诚，
铮铮铁骨守边塞。
钢枪紧紧握，
雷厉风行多豪迈。
啊，
祖国一声令，
捷报频频传四海！

2013年1月

边境线上我巡逻

钢枪手中握，
边境线上我巡逻。
雄伟像松柏，
再苦心里乐。
蚊子叮咬骄阳晒，
不能奈我何。
狂风吹不动，
暴雨洗刷我。
注视风云变幻，
啊，心中装祖国！

钢枪手中握，
边境线上我巡逻。
大雪纷纷扬，
洁白缀山河。
天寒地冻心里热，
肩上有重责。
白云曾表扬，
星星夸奖我。
观察风云动向，
啊，心中装祖国！

2012年8月9日

岸边

岸边上，
柳抽芽。
是谁悄悄话？
醉了小浪花。
"爱你啥？
抱负大。
战场杀敌勇，
胸襟装天下。"

"任务重，
责任大。
敌人敢入侵，
就要狠狠打！"
"在部队，
莫牵挂。
家事俺承担，
教儿学他爸。"

小两口，
情融洽。
吻着俏脸颊，
满腹心里话。
碧水流，
响哗哗。

喜鹊乐开花，
景色如诗画！

2010年1月5日

祖国好儿郎

一身豪气，
潇洒阳刚。
威武雄壮，
百炼成钢。
军歌鼓士气，
越唱越响亮。
迎难而上，
母亲有重望。
我们就是，
祖国好儿郎！

意志坚强，
眼睛雪亮。
愿天下人，
幸福安康。
英姿又飒爽，
热血洒疆场。
忠心耿耿，
紧握手中枪。

我们就是，
祖国好儿郎！

一二三四，
一二三——四！

2014年4月3日

铮铮铁骨血气方刚

雄赳赳，气昂昂，
铮铮铁骨，
血气方刚。
摸爬滚打意志坚，
擒拿格斗咱最棒。
中华儿女，
练就精兵武艺强。
披星戴月，
钢铁战士守卫边疆！

雄赳赳，气昂昂，
同仇敌忾，
热血满腔。
阵容威武又雄壮，
永远握紧手中枪。
消灭豺狼，

随时准备上战场。
报效祖国，
我为母亲增彩添光！

2016年1月6日

今年我十八岁

今年我呀十八岁，
光荣参军来到部队。
活泼潇洒又阳刚，
青春亮丽充满智慧。
摸爬滚打练本领，
不怕艰苦汗流浃背。
理想在军营放飞，
钢枪与我永远伴陪！

今年我呀十八岁，
军人生涯幸福甜美。
敢于肩上挑重任，
万里江山由咱守卫。
放哨站岗眼睛亮，
迎着骤雨任暴风吹。
英勇顽强显军威，
我听从祖国的指挥！

啊，甘愿洒热血，
情系神州山和水。
啊，新时代新一辈，
美好年华不愧对！

2014年10月1日

我接过钢枪

肩负祖国殷切期望，
我庄严地接过钢枪。
血气方刚斗志昂扬，
站岗巡逻，坚守边防。
爬冰卧雪百炼成钢，
擒拿格斗中华儿女棒。
啊，
只待军令一声下，
奔赴战场热血铸辉煌！

振奋精神积极向上，
我激动地接过钢枪。
世上的豺狼仍猖狂，
刺刀闪光，子弹上膛。
星星夸我勇敢坚强，
月亮称赞我威武雄壮。
啊，

风华正茂展精彩，
慷慨激昂为国争荣光！

2016年1月6日

天安门前照张像

早已心驰神往，
天安门前照张像。
终于千里迢迢，
来到了您的身旁。
我肃然伫立，
心潮澎湃浪推浪。
红星闪闪亮，
凝视国旗迎风扬。
一阵热泪流，
母亲信任在期望。
祖国迎儿郎，
伸着拇指夸奖棒！

知心话尽情讲，
首首颂歌放声唱。
默默地行军礼，
祝愿中华更兴旺！
摄下一张像，
相伴健儿走四方。

胸有朝阳啊，
千难万险无阻挡。
任重而道远，
保卫祖国斗志强。
耳畔军号响，
边防唤我去站岗！

2010年3月2日

月下

姑娘的秘密从不肯讲，
却默默对着圆圆的月亮。
凝望含情脉脉有寄托，
小星星注视温柔的目光。
只有月亮能心领神会，
银光皎洁点缀俊俏姑娘。
一颗多情的心飞远方，
着迷沉醉像熟睡入梦乡。

阿哥挥戈拼搏在疆场，
胸前闪烁锃亮的军功章。
又攻破敌人座座堡垒，
战旗高高插在了山头上。
他若问俺就骄傲的讲，
俺的一张张奖状挂满墙。

于是姑娘扑哧一声笑，
对着月亮也羞红了脸庞。

遥遥祝福他万事如意，
甜蜜的思索忠贞系情郎。
憧憬着未来倍感欣慰，
姑娘热泪盈眶心花怒放。

2010年1月3日

军嫂

部队换防他在边疆守哨卡，
寄来的照片威武英俊又潇洒。
挎着冲锋枪精神抖擞真帅，
练兵场拼搏汗流浃背练刺杀。

写信让他放心莫要牵挂家，
肩上担子重保卫祖国责任大。
好男儿走四方胸怀装天下，
敢于担当有抱负再难也不怕！

责任田获丰收爹娘身体佳，
儿子乖常说长大当兵去找爸。
夜儿静悄悄钟声嘀嗒嘀嗒，
心里好甜蜜梦里常常见到他。

祖国富强人民安康是根本，
苦练杀敌本领再戴上光荣花。
深情思念说不完的知心话，
告诉他刚寄去新织的毛线袜……

2012年4月3日

我是您锐利明亮的眼睛

夜晚宁静皓月当空，
战士警惕性时刻不放松。
擒拿格斗汗流浃背，
千辛万苦练就一身硬功。
敌人胆敢挑起战争，
必将遭受到狠狠地严惩。
啊，亲爱的祖国，
我的心跳动着与您共鸣！

满腔热忱青春激情，
战士坚守边防威武从容。
爬冰卧雪餐风宿露，
肩负光荣使命职责神圣。
恋人依偎倾诉衷肠，
婴儿甜睡咯咯咯笑出声。
啊，亲爱的祖国，

我是捍卫您安宁的哨兵!

注视着多变的风云,
造福天下让人民享太平。
巨龙腾飞万里碧空,
神州日新月异欣欣向荣。
握紧钢枪捍卫海防,
精神抖擞迎来金色黎明。
啊,亲爱的祖国,
我是您锐利明亮的眼睛!

2000年3月6日

姑娘送我上征途

踏上征途别故乡,
姑娘送我到大路旁。
春风满面精神爽,
我去远方守卫边防。
嘱咐永听党的话,
英勇杀敌驰骋疆场。
让生命灿烂辉煌,
积极奉献为国争光。
姑娘给我添力量,
啊,向她做承诺,
胸前要挂满军功章!

踏上征途别故乡，
姑娘的喜事有一桩：
心中爱恋兵哥哥，
倾诉衷肠情深意长。
奋发进取创佳绩，
立功名字登光荣榜。
心驰神往笑声朗，
欢欣鼓舞热泪盈眶。
再见亲爱的姑娘，
啊，紧握手中枪，
我为祖国放哨站岗！

2016年1月5日

姑娘送我参军上路

姑娘送我参军上路，
嘱咐要紧握手中枪。
小河淙淙流鲜花绽放，
鸟儿登枝快乐歌唱。

不辱使命不负众望，
好男儿有志走四方。
练就一身过硬的本领，
随时准备奔赴战场！

姑娘送我参军上路，
知心话温暖着心房。
为了人民的幸福安康，
保卫祖国守护边防。

再见吧亲爱的姑娘，
让真情在心中流淌。
再见吧养育我的家乡，
我履行天职去站岗！

2013年5月4日

参军告别家乡

锣鼓喧天歌声嘹亮，
乡亲欢送我守卫海防。
青春励志圆了梦想，
肩负重任，勇于担当。
蓝天白云鸟语花香，
一派生机，春风浩荡。
再见吧养育的故乡，
使命在身我无上荣光！

锣鼓喧天歌声嘹亮，
豪情满怀不辜负众望。

实现宏愿告别家乡，
满腔热忱，积极向上。
小伙庆贺神采飞扬，
姑娘献舞，韵味深长。
再见吧亲爱的乡亲，
保卫祖国我紧握钢枪！

2016年6月30日

送别

踏上征途当兵别家乡，
小鸟争鸣，
百花吐芬芳。
姑娘恋恋不舍情意永难忘，
知心的话句句暖心房。
让我学雷锋，
意志坚定斗志强。
为了国泰民安，
紧握手中枪。
啊，倍受鼓舞心花怒放，
精神振奋浑身添力量！

踏上征途当兵去远方，
春光明媚，
山泉叮咚响。

姑娘握住我的手热泪盈眶，
待我真诚一片热心肠。
让我当先进，
名字登上光荣榜。
苦练杀敌本领，
随时赴战场。
啊，心潮澎湃激情荡漾，
挥舞双手告别好姑娘！

2014年10月8日

就等祖国一声令

朝气蓬勃迎春风，
祖国装在我们心中。
海纳百川聚精英，
攻坚克难攀登高峰。
爬冰卧雪是好汉，
擒拿格斗样样精通。
啊，
紧握钢枪守边疆，
凯歌嘹亮震响长空！

生龙活虎展雄风，
中华儿女抒发豪情。
刀山火海不惧怕，

敢于担当雷厉风行。
铮铮铁骨意志坚，
浩然正气谱写忠诚。
啊，
就等祖国一声令，
冲锋陷阵气贯长虹！

2016年6月19日

白云轻轻飘

蓝天白云轻轻地飘，
飘啊飘向边疆岗哨。
捎去俺的一颗芳心，
给心上人问一声好：
你练兵摸爬滚打数第一，
出类拔萃武艺高超。
为了千家万户欢笑，
紧握钢枪威武逞英豪！

蓝天白云轻轻地飘，
飘啊飘向边疆岗哨。
诉说家乡的收成好，
新农村展现新风貌。
八十岁老人高兴把舞跳，
小伙增俊姑娘添俏。

喜鹊抒情叽叽喳喳，
期待你立新功寄喜报！

2013年1月15日

天上飘飞的白云

天上飘飞的白云，
征途千里精神振奋。
飘呀飘呀飘呀飘，
一路追赶喜吟吟，
日夜兼程高歌猛进。
白云身上有重任，
带着姑娘真诚的心。
啊，问候亲人好，
当兵的哥哥可辛苦？
保卫祖国献青春！

天上飘飞的白云，
浪漫潇洒快乐欢欣。
飘呀飘呀飘呀飘，
遥望远方勇向前，
相告边陲可爱的人。
绚丽多彩的白云，
传递喜讯送去佳音。
啊，问候边防军，

诉说姑娘的情意深，
忠贞不渝献芳心！

2014年10月5日

故乡的运河

水透明呀荡碧波，
垂柳倒映舞婆娑。
浪花追逐着浪花，
哗哗流淌唱欢歌。
鱼儿跳跃露水面，
游艇满载他乡客。
运河你更俊俏了，
昔日悲切今日乐。
炮火连天咱分别，
游子回来还认得？

乌云密布遮太阳，
日本侵占咱山河。
中华民族岂能辱？
胸中熊熊燃怒火。
汹涌澎湃呼唤急：
救祖国啊救祖国！
亿万军民齐奋战，
神州大地斩恶魔。

洪流滚滚推行船，
抗战参军送走我。

灯火辉煌星闪烁，
岸边恋人赏明月。
水珠扑面洗征尘，
邀请故人船头坐。
千言万语话久别，
手捧玉液劝我喝。
少女轻盈舞蹁跹，
嫦娥俯首赞夜色。
如诗似画意境美，
可歌可泣英雄多。

心心相印的运河，
一步一个新台阶。
鸣奏快乐进行曲，
有声有色有寄托。
我洒喜泪和你聚，
融入浪涛兴致勃勃。
气势豪迈波推波，
匆匆忙忙浇绿禾。
日夜欢腾不停歇，
淌着甜蜜流新歌！

2005年6月8日

家乡的妈妈

妈妈身体依然挺好吧?
猜想头上又添许多白发。
女儿遥遥向您行军礼,
眼睛里久含激动的泪花。

千辛万苦支撑一个家。
不嫌苦和累辛勤种庄稼。
曾油灯下给我补衣衫,
孝敬护理公婆尽责在病榻。

参军您送我踏上征途,
嘱咐安心当兵莫要挂家。
爬冰卧雪再难也不怕,
站岗巡逻英姿坚守边卡。

祝愿您晚年幸福安康,
女儿思念拨通家里电话。
妈妈夸我有志贡献大,
只要国泰民安心就乐开花!

2010年2月17日

女兵

剪断长秀发崇尚理想，
告别爹娘参军走进营房。
英姿飒爽帽徽闪闪亮，
满腔热忱谱写青春阳刚。
威武雄壮，慷慨激昂，
练就擒拿格斗的功夫棒。
时刻注视着风云变幻，
严阵以待奔赴杀敌战场！

亲爱的祖国请你放心，
战士赴汤蹈火坚毅顽强。
亲爱的祖国请你放心，
一定把侵略者彻底埋葬。
豪情满怀，士气高涨，
在火热熔炉里百炼成钢。
为了母亲幸福的微笑，
驻守在边防紧握手中枪！

中华儿女志在四方，
铮铮硬骨铸成铁壁铜墙。
女兵是道亮丽风景，
为伟大的祖国添彩增光！

2012年8月19日

小白杨

那年我参军离家，
院内把一棵小白杨栽下。
依依惜别话深情：
　"再见我去远方守边卡！"
小白杨随风而舞动，
亲吻我俊俏的脸颊。
恋恋不舍呀韵味深长，
说不尽的满腹知心话。

星月伴我去巡逻，
眼睛注视风云千变万化。
铮铮铁骨铸军魂，
迎来了东方绚丽朝霞。
祖国母亲平平安安，
家乡传来丰收佳话。
小妹信寄小白杨一叶，
鼓励立功再戴光荣花。

一别十年喜相逢，
小白杨粗壮威武又挺拔。
根深叶茂好潇洒，
绿叶飘动欢歌沙沙沙：
　"你保卫祖国做奉献，
我风雨中练就长大。

你穿一身绿色的戎装，
我头顶一片漂亮绿纱！"

2005年6月30日

手中的钢枪永远紧握

星星闪烁月亮点缀夜色，
战士警惕在边防线上巡逻。
我想起参军与家乡告别，
小河淙淙流弹拨动人心弦，
小鸟快活尽情地唱赞歌。
啊，妈妈语重心长的嘱托，
孩儿永远牢记神圣职责，
手中的钢枪，我永远紧握！

小草向我点头致意庆贺，
心潮起伏荡漾甜蜜的思索。
姑娘如花似玉含情脉脉，
绣一对鸳鸯戏水送给了我，
憧憬未来信任包含寄托。
啊，为保卫祖国万里江山，
让千家万户幸福的生活，
手中的钢枪，我永远紧握！

1999年3月17日

老师长

身体结实好健壮，
忠心耿耿跟着党。
打完日本揍蒋匪，
拼搏厮杀在疆场，
军功赫赫美名扬。
啊，
戎马生涯献国防，
新的战斗又打响，
战略转移回家乡。

两鬓斑白精神爽，
试验田里奔波忙。
泥土结伴情意长，
汗水化作花芬芳，
嫁接苹果甜又香。
啊，
高唱《我是一个兵》，
挺着胸脯放开嗓，
歌儿唱得多嘹亮！

2016年6月6日

让大雁捎去衷心祝福

姑娘与战士结情缘，
鼓励恋人坚守边关。
让大雁捎去衷心祝福：
一身正气大义凛然。
紧握钢枪来犯必歼，
撑起一片蔚蓝蓝天。
啊，
足智多谋严阵以待，
英勇杀敌浴血奋战！

姑娘与战士结情缘，
为他加油再谱新篇。
让大雁捎去深深问候：
忠心报国积极奉献。
世上豺狼嘶声嚎叫，
瞄准目标备足子弹。
啊，
军人像挺立的大山，
时刻听从祖国召唤！

2016年1月11日

将军颂

农民出身苦大仇深，
你是英勇善战的将军。
跟随毛主席打江山，
驾驭战场变幻的风云。
屡次击败敌寇进攻，
战旗插上山头传喜讯。
自己生死置之度外，
身体残留敌人的弹痕。
南征北战戎马倥偬，
浩然正气铸就中华魂。
劳苦大众翻身解放，
人们心中铭记的功臣！

农民出身苦大仇深，
你是识多才广的将军。
精忠报国情系百姓，
高风亮节又谦虚谨慎。
战斗故事讲给子孙，
教育后代做好接班人。
珍惜改革开放成果，
把多年积蓄扶危救贫。
九旬高龄精神矍铄，
乐观向上说古赞如今。
祖国明天更加美好，

展望未来无比的欢欣!

老战友

已备好佳肴琼浆玉液,
热情款待远来的老战友,
军旅岁月永远难忘记,
携手并肩热血谱写春秋。

长途行军我脚磨血泡,
你替我把行装扛在肩头,
军壶装着水渴也不喝,
关键时让给需要的战友。

你教我学会瞄准射击,
我当上标兵全军最优秀,
咱在战斗中英勇挂彩,
机灵敏捷快速活捉敌寇。

复原回乡各自创大业,
常思念战友感动热泪流,
今天你我痛饮茅台酒,
多年不见面好好的叙旧!

2013年1月12日

我们守护祖国安宁

满腔热血抒豪情，
风华正茂壮志在胸。
五湖四海聚战友，
团结友爱像亲弟兄。
打靶场上练精兵，
豪气冲天气贯长虹。
凯歌嘹亮震长空，
啊，甘愿洒碧血，
我们守护祖国安宁！

时刻提高警惕性，
肩负使命再展雄风。
格拿擒斗不怕苦，
摸爬滚打练就硬功。
五十六枝花娇艳，
千姿百态万紫千红。
紧握钢枪待军令，
啊，忠诚写春秋，
我们是时代的精英！

2001年1月5日

军人像大山雄伟巍峨

军人像大山，
雄伟巍峨，
肩负使命不负重托。
危难时刻，
勇挑重担，
激情燃烧青春似火。
赤胆忠心写春秋，
一身傲骨满腔热血。
啊，
豪气冲霄汉，
钢铁铸就战士，
刚毅性格！

军人似大海，
宏伟气魄，
时刻准备报效祖国。
披星戴月，
站岗巡逻，
迎来晨曦光照山河。
再苦再累心里甜，
英雄时代唱响战歌。
啊，
为国泰民安，
我守卫着边防，

钢枪紧握!

2016年1月30日

草原上的琴声

草原碧绿鸟语花香,
蒙古军嫂把马头琴拨响。
赞美远方心爱的人,
严阵以待威风守卫边防。

想他的时候用视频交流,
深知祖国在他心中的份量。
想他的时候默默鼓勇气,
做军人的妻子必须学会坚强!

美丽草原琴声悠扬,
弹琴的军嫂悠悠情思长。
鼓励他立功受嘉奖,
时刻提高警惕紧握钢枪。

憧憬美好未来激情荡漾,
宁静的草原琴声欢快飞扬。
春风轻轻吹拂飘向千里,
献一片爱心慰问边疆的夫郎!

2015年6月6日

故乡有我漂亮姑娘

故乡有我漂亮姑娘，
伶俐乖巧端庄大方。
休闲之时双双视频交流，
倩影总在脑海回放。
迎接挑战拼搏顽强，
畅游在广阔知识的海洋。
刻苦钻研攻克难关，
佳绩连连成就辉煌！

姑娘让我坚守边防，
中华儿女志在四方。
提高警惕紧握手中钢枪，
放哨站岗为国争光。
雄鹰比翼展翅翱翔，
忠于职守青春闪烁光芒。
我凝望远方的故乡，
深情问候着好姑娘！

思念是道美丽风景，
心潮澎湃激情荡漾。
思念是道美丽风景，
我聆听她柔情歌唱！

2015年6月12日

同心同德大爱无边

同一地球同一蓝天，
人类共享太阳温暖。
肤色不同信念相同，
消灭压迫根除苦难。

但愿没有战争摧残，
和睦友好代代相传。
团结协作平等互利，
继往开来高歌向前！

同一地球同一蓝天，
世界是咱美丽家园。
语言各异心心相连，
让幸福永远驻人间。

攀登高峰攻克尖端，
社会进步飞速发展。
和平共处花好月圆，
同心同德大爱无边！

2013年5月9日

远方的战友你好吗

远方的战友你好吗?
站在山岗深情的瞭望。
我是你班战士小王,
从军时你是我的班长。
摸爬滚打苦练硬功,
擒拿格斗数我们最棒。
只待祖国一声号令,
随时准备杀敌赴疆场。
困难吓不倒英雄汉,
咱多次立功受到嘉奖!

复原后你回到家乡,
把重担子又挑在肩上。
带领群众脱贫致富,
率先垂范堪称好榜样。
努力工作积极奉献,
开拓进取再创新辉煌。
不怕吃苦严格要求,
一心谋发展奋发图强。
我的好班长好兄长,
一路领先的精兵强将!

2015年6月16日

墓上的花

疆场猛拼杀，
含笑九泉下。
激情伴碧血，
还有啥牵挂？

春天来到啦，
种子发嫩芽。
雨露吻禾苗，
晴空出彩霞。

墓上长满花，
馨香飘天涯。
喜鹊热泪流，
注解新诗话。

风儿忙传达，
脚步沙沙沙。
芬芳奉爹妈，
艳丽献给她。

2010年5月21日

瞻仰烈士墓

把脚步迈得轻轻，
英雄累了睡的甜。
千里迢迢来敬仰，
关怀悄声问冷暖。
前仆后继为革命，
视死如归凯歌传。
宏愿实现江山美，
赤胆忠心碧血染！

朵朵花儿争芳艳，
摆在烈士遗像前。
英雄业绩天下颂，
一身正气留人间。
阳光照耀金灿灿，
祖国处处是春天。
革命自有接班人，
一代一代往下传！

唱着歌儿来，
啊，豪情冲云天。
我是花上露，
啊，晶莹亮闪闪！

2005年5月22日

五星红旗（儿歌）

五星红旗多艳丽，
指引人民得胜利。
坚定信念攀登高峰，
任重道远志不移。

少先队员捧鲜花，
向你敬礼表心意：
好好学习天天向上，
五星红旗我爱你！

2014年4月3日

小白杨（儿歌）

根扎沃土，
有雨露阳光。
枝繁叶茂，
天天向上。

沙沙歌唱，
胸中有志向：
"长大成才，
负重当梁！"

2002年4月9日

长大杀敌上战场（儿歌）

小弟弟，真够棒，
挎着玩具冲锋枪。
跟爸说，给妈讲，
长大杀敌上战场。

一二一，一二一，
口令喊得震天响！

2014年10月6日

我要把宇宙飞船驾（儿歌）

哥问我长大去做啥，
天真活泼笑着回答：
摘星揽月游览太空，
我要把宇宙飞船驾。

啦啦啦啦啦啦啦啦，
努力学习科学文化。
啦啦啦啦啦啦啦啦，
我要把宇宙飞船驾！

2014年10月9日

我是小白杨（儿歌）

我是小白杨，
不惧暴风吹，
不怕骤雨狂。
茁壮挺拔，
树叶沙沙响。
目标远大，
追求有理想！

我是小白杨，
不惧三九寒，
不怕大雪扬。
阳光雨露，
沐浴我成长。
等长大了，
负重做栋梁！

2006年4月6日

我是一棵小树苗（儿歌）

参天大树高又高，
傲然挺立冲云霄。
不畏严寒迎春俏，
枝头云朵轻轻飘。

我是一棵小树苗，
雨露滋润阳光照。
奋发向上快快长，
明天就把大树超！

2014年4月5日

我是小鸟天上追（儿歌）

我是小鸟天上追，
追得太阳流汗水。
不惧雨打暴风吹，
叽叽喳喳歌声脆，
花儿对我笑微微。

我是小鸟天上追，
追得月亮也疲惫。
迎着雪飘不知累，
叽叽喳喳跳舞蹈，
搏击长空万里飞！

2014年4月8日

故乡恋歌

乡情

投来故乡的明月，
把皎洁特意捎给我。

像似银色的绸带，
打扮我变成俊小伙。

当我闭上眼睛了，
泪珠儿滚滚往下落。

那甜甜的梦幻呢?
又全在故乡里滚过。

让我相思常相忆，
澎湃的心潮波涌波!

1987年5月2日

故乡

故乡月儿圆，
桃李满园甜又香。
故乡小河清，
岸边杨柳排成行。

故乡人俊美，
娶来新娘最漂亮。
不论走多远，
魂牵梦绕是故乡！

故乡有爹娘，
梦里相见泪汪汪。
故乡有乡亲，
让我牵肚又挂肠。

故乡养育我，
总念恩深情意长。
抬头望明月，
爹娘声声唤儿郎！

2013年1月2日

游子梦

贪婪观赏故乡青山秀色，
闻醉故乡涓涓清澈的小河。
迷住嫦娥手提一轮明月，
赞叹俏女翩翩起舞唱情歌。

游子欣慰扑到娘的怀抱，
尽情欢愉撒娇激动热泪落。

漫步儿时走过的小路上，
喜鹊鸣叫百花齐放舞婆娑！

与当年小伙伴一阵对视，
一声乳名唤醒童年的快乐。
人生曾有坦途也有坎坷，
彼此遥遥祝福脉搏连脉搏。

时光流逝故乡焕然一新，
轻轻捋着白须诗情涌心窝。
叹惜没为故乡美丽添彩，
却不知收获多还是失落多？

1990年3月1日

望月亮

望月亮，思故乡，
故乡住着我的娘。
娘呀对我最疼爱，
做的饭菜喷喷香。
东方亮，百鸟唱，
娘呀送我上学堂。

望月亮，泪汪汪，
我在他乡呼喊娘。

娘呀给我做花衣，
打扮让我好漂亮。
知我热，知我凉，
总是把我挂心上。

望月亮，想念娘，
白发苍苍倍慈祥。
儿行千里母担忧，
恩深似海永难忘。
娘啊娘，看见您，
在故乡也望儿郎！

2013年9月4日

我家门前有条河

我家门前有条河，
清澈透明荡漾碧波。
岸边垂柳映倒影，
浪花追逐一路欢歌。

童年戏水浪里游，
小河与我呀有情结。
一个猛子扎河底，
长长的泥鳅被我捉。

我坐木船爹摇橹，
撒下渔网兴致勃勃。
活蹦乱跳银光闪，
笑声朗朗飞出心窝。

如今小河面貌新，
淙淙流淌浇灌绿禾。
庄稼茁壮长势好，
年年奉献收获多多！

2012年8月2日

小河流水哗啦啦

小河流水哗啦啦，
快快乐乐来到咱家。
流到园里浇果树，
流到田地浇灌庄稼。

波浪追波浪嬉戏，
踏着愉悦舞动潇洒。
披星戴月一路唱，
春光明媚如诗如画。

小河流水哗啦啦，
期待大地开满鲜花。

滋润泥土育新苗，
眷恋秋天结金娃娃。

溅起朵朵小浪花，
日夜流淌情系千家。
万物生长齐争艳，
生机勃勃遍布天涯！

2014年10月13日

思念是一枚邮票

思念是一枚邮票，
把我寄到故乡怀抱。
一阵激动热泪流，
童年影子在脑海缭绕。
过大年，放鞭炮，
妈妈忙张罗美味佳肴。
春风吹，杨柳俏，
我赶羊儿上山吃青草，
歌声嘹亮震云霄！

思念是一枚邮票，
把我寄到故乡怀抱。
姐姐领我采蘑菇，
一只野兔被我捉住了。

花儿艳，蜂舞蹈，
奶奶高兴教我唱歌谣。
小鸟鸣，阳光照，
哥哥和我河岸打水漂，
跳进水里去洗澡！

2012年8月8日

放牧曲

天上白云飘，
地上骏马跑，
山清水秀绿草高。
羊羔喜追逐，
蜂飞蝶儿绕，
辽阔草原情多少！

花艳吐芬芳，
百鸟齐鸣叫，
春把大地装扮俏。
牧人歌声脆，
笛声飞山坳，
生活甜美江山娇。

谁家好姑娘？
轻轻甩鞭鞘，

含情脉脉陶醉了。
谁家少年郎?
策马仰天叫,
两双眼睛对视笑!

1985年1月8日

北大荒四季歌

春季到来禾苗旺,
大地崭新披绿装。
鸟语花香蝶舞蜂唱,
处处迷人好风光。

夏季到来热浪袭,
青纱帐里拔节响。
生机勃勃丰收在望,
骏马奔腾牛羊壮。

秋季到来瓜果香,
高粱红了谷子黄。
座座金山拔地而起,
赛过江南鱼米乡。

冬季到来大雪扬,
气温骤降白茫茫。

严寒冰封屋里温暖，
朔风席卷呼啸狂！

春来了

春呀来到了，
向着大地把手招。
那小草吐绿，
快乐地把头儿摇。
和风轻轻吹，
种子发芽静悄悄。
杨柳婀娜多姿，
小溪淙淙鱼儿跳。
春是支彩笔，
描绘风光娇，
啊，春天多美好。

春呀来到了，
兴致勃勃热情高。
那枝繁叶茂，
百鸟叽叽喳喳叫。
花儿齐争艳，
蜜蜂兴奋围着笑。
生机盎然增俏，

山青水绿景色妙。
春是位画师，
心灵手也巧，
啊，春天多美好！

1985年5月

赫哲族姑娘

乌苏里江万道霞光，
波涛滚滚情满江。
一对姑娘一个划桨，
一个轻轻撒渔网。

天高气爽鸟儿翱翔，
渔女英姿多飒爽。
追波逐浪胸有朝阳，
心灵手巧捕鱼忙。

汗珠滴落融入洪流，
勤劳勇敢谱新章。
披星戴月满载而归，
活蹦乱跳鱼满舱。

赫哲族姑娘好漂亮，
浪花飞溅吻脸庞。

情系渔网身不离江，
热爱家乡放声唱！

2007年4月23日

夜捕

湖上碧波荡漾，
晚风送来了凉爽。
小舟缓缓行进，
迷住热恋的一双。

小伙轻摇着桨，
姑娘撒网碎月亮。
鲜活欢蹦乱跳，
银光闪闪鱼满舱。

汗珠挂在额上，
收获伴着心花放。
旭日冉冉东升，
一曲柔情地咏唱。

约定

咱走到一起不容易，
你我的爱须倍加珍惜。

两人总是依依不舍，
双双投缘竟如此默契。

贞洁恋恋流下泪滴，
相偎相依永不离不弃。
我的爱是爱你自己，
不管路上有多少风雨！

亲爱的真心好想你，
我把你始终装在心里。
爱你爱的天经地义，
拥有了幸福甜甜蜜蜜。

人的命运全靠自己，
凝望星辰欢歌和笑语。
让快乐陪伴着你我，
鲜花五彩缤纷更绚丽！

2020年8月月21日

苹果园

八月里，秋丰满，
苹果园里惹人恋。
果实累累大又圆，
长得俊秀红艳艳。

老果农，劲头添，
精心培育汗浇灌。
枯树迎春幼芽钻，
支支小曲唱新篇。

园丁忙，乐滋滋，
拉着行人去尝鲜。
秋色壮观美如画，
姑娘动情舞翩跹。

风儿轻，水潺潺，
歌声悠扬绕山间。
不尝果儿也醉倒，
清馨扑面尽甘甜！

2010年5月5日

北大荒恋歌

屯垦戍边到北大荒，
青春蓬勃胸有朝阳。
汗流浃背开垦荒凉，
巧手裁剪织绣春装。
播下种子伴随理想，
麦子扬花大豆摇铃谷穗黄。

玉米熟了红了高粱，
瓜果梨桃飘溢芬芳。
情系黑土辛勤耕耘，
阳光照耀雨露滋养。
啊，北国雪大风狂，
使我锻炼像钢铁一样坚强！

艰苦奋斗建设边疆，
努力拼搏谱新篇章。
千顷良田绿波荡漾，
蜂飞蝶舞鸟语花香。
秋高气爽歌声嘹亮，
农家收获忙喜悦挂在脸上。
五谷丰登六畜兴旺，
这里是美丽的天堂。
风景如画人们向往，
积极奉献扎根北方。
啊，北国雄浑壮美，
一代代人都为你增彩添光！

2010年1月14日

黑土地上放歌

我出生长在北大荒，
北大荒的养育情意长。

就是与黑土地有缘，
辛勤耕耘为你巧梳妆。
千里沃野禾苗荡漾，
山清水秀，马肥牛壮。
稻穗垂首大豆摇铃，
高粱举火把瓜果芬芳。
用汗水点缀美秋天，
收割机隆隆把丰收唱。
喜悦挂在农家脸庞，
座座粮山屹立在边疆！

我出生长在北大荒，
北大荒的养育永难忘。
万古荒原变成良田，
蓝天飘白云鸟语花香。
松花江水波涛滚滚，
高楼林立，道路宽广。
风光旖旎吸引游客，
小伙精神姑娘好漂亮。
北国粮仓闻名遐迩，
我在黑土地放飞理想。
甘把青春献给家乡，
要把你建成人间天堂！

2015年6月19日

贤妻良母

你过门后吃很多苦，
堪称家中的顶梁柱。
早起晚睡纺线织布，
忙里忙外总是闲不住。
风吹日晒辛勤耕耘，
汗流颊背不惧寒暑。
公婆有病悉心照顾，
任劳任怨宽宏大度。
你操持全家人的衣食，
面带微笑从不言苦。

你过门后吃很多苦，
忙忙碌碌默默付出。
生活艰苦省吃俭用，
咬紧牙关供孩儿读书。
精打细算考虑周到，
再大的困难能克服。
关心孤寡问寒问暖，
与人为善赢得敬慕。
你是我们全家的福星，
老少同乐温馨和睦。

如果真的有来世，
我当妻子你当丈夫。

用一颗真诚报答，
咱还做一对好夫妇！

2013年1月23日

来吧，远方的朋友

我家住在松花江畔，
是富饶美丽鱼米乡。
沃土千里庄稼旺，
麦浪滚滚闪金光。
硕果累累缀满枝头，
山青水绿鸟语花香。
大伯热情大娘直爽，
东北人好客爽朗。
来吧，远方的朋友，
北国景色令你永难忘。
琼浆玉液甘甜醇香，
让我们痛饮放声唱！

我家住在松花江畔，
骏马奔腾牛肥羊壮。
大豆摇铃谷穗黄，
玉米腰别红缨枪。
高粱像燃烧的火把，
瓜甜梨熟飘溢芬芳。

小伙坦荡姑娘大方，
东北人粗犷豪爽。
来吧，亲爱的朋友，
北国风光给你留念想。
迎客的饭菜喷喷香，
黑土地上的特产棒！

2015年6月1日

老乡

一听你说话，
便知是老乡。
乡音倍亲切，
两眼泪汪汪。

出生黄河畔，
又闻黄河浪。
离家千里远，
在外拼搏忙。

结识新朋友，
老友常来往。
有难互相帮，
欢乐共分享。

胸怀多宽广，
天下咱闯荡。
胜似亲兄弟，
情深意也长！

2013年5月1日

故乡恋

举目望明月月圆皎洁，
温柔文雅聆听我诉说：
故居泰岳脚下山高挺拔巍峨，
夜晚做迷藏童年好快活。
姐姐领我上山采蘑菇，
小鸟尽情唱花儿舞婆娑。
大山造就我一身倔强，
爹娘教我纯朴善良高风亮节。
啊，游子魂牵梦绕故乡，
心潮澎湃，涌动洪波！

举目望明月月色柔和，
一颗爱心善待懂得我：
父母已年迈家里兄弟姐妹多，
天天盼团圆亲情难割舍。
老娘挂牵念叨在嘴上，
梦里常相见醒来泪水落。

隔山隔水隔不住思念,
望穿秋水但愿与亲人喜聚合。
啊,游子朝思暮想故乡,
心潮起伏,热泪滚落!

2012年8月22日

聊城之歌

你是齐鲁的姑娘,
土生土长格外漂亮。
光岳楼挺立庄严,
春色明媚鸟语花香。
湖水荡漾浪花唱,
游艇穿梭笑声飞扬。
微风吹绿了园林,
土沃苗旺牛肥羊壮。

你是齐鲁的姑娘,
俊俏不用打扮梳妆。
庄稼浇灌黄河水,
武松打虎在景阳岗。
秋天田野金光闪,
果实丰盈枣甜瓜香。
人杰地灵气象新,
景观迷人神清气爽!

聊城你绚丽多彩，
改天换地谱新篇章。
生养我的好家乡，
拼搏进取奋发向上！

2011年1月28日

美丽的威海

威海景色美，
水傍城哟城依水。
大海浪花飞，
游艇飘来歌声脆。

草木有灵气，
心领神会吐芳菲。
小鸟能对话，
迎宾小妹笑微微。

威海百业兴，
人杰地灵有智慧。
高楼入云端，
能工巧匠妙点缀。

桃李扑鼻香，

螃蟹硕大鱼儿肥。
山水美如画，
身临其境心欲醉。

威海实在美，
朋友相聚这里会！

2013年5月9日

山里人家

走进了山里人家，
迎接我的是大妈。
鸭子欢叫嘎嘎嘎，
小狗向我摇尾巴。
院里青藤爬满架，
黄瓜低垂头顶花。
小妹请我坐沙发，
热情客气沏青茶。
我是记者来采访，
开心拉起家常呱。
啊，山村日新月异，
农民精神面貌佳！

大伯兴奋谈家事，
深受感动收获大。

搬入新居住别墅，
千里交流用电话。
家里拥有小轿车，
打开电视晓天下。
儿守边关挎钢枪，
闺女优秀读清华。
日子越过越红火，
热爱祖国贡献大。
啊，夸党的政策好，
家乡的变化巨大！

2013年1月12日

老来俏

爷爷爱美了，
对着镜子经常照。
奶奶喜欢俏，
穿红戴绿赶时髦。
日子甜蜜蜜，
养生保健身材好。
夫妻感情深，
牵手去补婚纱照。
年事已经高，
精神抖擞展风貌。

爷爷像顽童，

有说有笑哼小调。

奶奶很利落，

会扭秧歌把舞跳。

心里乐陶陶，

家庭和睦子女孝。

兴致特别高，

坐上飞机游港澳。

越活越带劲，

返老还童正年少！

2012年8月1日

鲁西有个小村庄

鲁西有个小村庄，

那里就是我家乡。

土屋土炕土院墙，

彻底改变旧模样。

魂牵梦绕想着你，

今天回到你身旁。

你还记得游子我吗？

童年拾柴背篓筐。

与小伙伴去放羊，

歌谣唱得震天响！

精神抖擞倍高兴，
拥抱亲情热泪淌。
想起当年俏小妹，
做了奶奶倍慈祥。
那时候的小顽童，
四世同堂笑声朗。
我与乡亲举杯同饮，
心潮一浪高一浪。
乡情让我心陶醉，
深情祝福好家乡！

2013年5月7日

好村长

大学毕业不留城，
毅然回到穷山沟。
永远不忘众乡亲，
脱贫致富当带头。
改天换地造农田，
引水灌溉山上流。
培育良种产量高，
农民获利颇丰厚。
处处为群众着想，
阳光路上阔步走！

繁花似锦春满园，
喜鹊跳跃唱枝头。
村办企业好红火，
产品畅销遍神州。
搞活经济谋发展，
克服困难争上游。
村里建起幸福院，
孤寡老人乐悠悠。
村长胸中有谋略，
敢于创新永追求！

2013年5月19日

探故乡

探故乡，泪汪汪，
握住亲人手叙家常。
爸爸健身练剑忙，
妈妈秧歌扭得棒。
自酿琼浆玉液醇香，
安居乐业生活美，
吉祥如意笑声朗朗。
啊，
一声乳名唤醒童年，
难忘养育的好故乡！

探故乡，精神爽，
小伙英俊姑娘时尚。
人们交流用视频，
千里迢迢谈经商。
快乐写在乡亲脸上，
魂牵梦绕思故乡，
如今回到了你身旁。
啊，
浓浓乡情包围了我，
心潮澎湃激情荡漾！

2015年6月28日

难忘的小村庄

咱分别四十个寒暑，
你送我参军敲锣打鼓。
知青下乡这里落户，
辛勤劳作迎日落日出。
跟张老伯耕种锄草，
和刘叔学会栽培枣树。
不见住过的茅草屋，
消失了蜿蜒曲折小路，
难忘吃野菜日子苦。
打探那位漂亮村姑，
她闻讯赶来深情叙旧，

感慨人生美满幸福!

谈论过去赞叹当今,
巨大的变化深有感触。
座座高楼栋栋别墅,
宽阔的大路畅通无阻。
民办企业兴隆红火,
庄稼长势好又壮又粗。
人们脸上呈现喜悦,
高龄的婆婆能唱会舞,
小伙姑娘倾诉爱慕。
我曾在这土地流汗,
如今成为欢快的乐园,
衷心向你默默祝福!

2015年6月30日

院里那棵大榆树

院里那棵大榆树,
如今挺拔好魁梧。
过去人们都很穷,
你也受着百般苦。
砍你的枝当柴烧,
撸你的叶填饥腹。
伤痕累累泣无声,

奄奄一息欲干枯。
度过难关幸亏你，
迎来莺歌与燕舞！

时过境迁你变了，
根深叶茂显威武。
雨露滋润阳光照，
奋发向上春风拂。
树梢高耸入云端，
树干犹如擎天柱。
大榆树呀大榆树，
又粗又壮劲头足。
抚摸着你倍感动，
心潮起伏流泪珠！

2013年5月26日

童年的时光

魂牵梦绕回到故乡，
与当年小伙伴欢聚一堂。
一双眼睛紧盯对方，
脑海里展现儿时的模样。
咱一起玩耍做迷藏，
数着天上星星欣赏月亮。
在冰天雪地打雪仗，

天真无忧无虑笑声朗朗。

多半个世纪已过去，
历尽艰辛坎坷饱经风霜。
调皮顽童鬓发斑白，
回忆往昔感慨激情荡漾。
如今世界绚丽多彩，
正是当年的追求和向往。
捕捉童年美好时光，
给理想插上腾飞的翅膀。

再唱支童年的歌吧，
心情愉悦神采飞扬。
再唱支童年的歌吧，
明天更加灿烂辉煌！

2013年1月21日

我与童年小伙伴

你亲切把我乳名呼唤，
童年的影子，
脑海里浮现。
曾经上山一起采蘑菇，
搭伴放羊，
歌声响彻云天。

不忘在雪地追逮山鸡，
抓来野兔，
晚饭一顿美餐。
还捕捉谷田里的麻雀，
爬上大槐树鸟窝取蛋。

月亮弯弯像一只小船，
天上的星星，
多得数不完。
听醉了小河流水潺潺，
微风吹拂，
你和我的笑脸。
天真聪明又机灵勇敢，
活泼顽皮，
还有甜甜梦幻。
快快乐乐度过每一天，
如今青丝如霜忆童年！

2015年6月24日

捕鱼归

浪花一朵朵，
碧波涌碧波。
晚霞映水面，
绚丽又奇特。

舱满鱼跳跃，
笑声甜心窝。
轻轻划着桨，
随风汗飘落。

江上百鸟鸣，
流水唱喜悦。
姑娘与小伙，
知心话儿多。

夜色渐降临，
阿妹瞧阿哥。
碧水荡飞舟，
舟上飘情歌。

2012年4月5日

豆角架下

长藤爬满架豆角嫩又大，
豆角像荡秋千满藤挂在架。
姑嫂藏架下一阵笑哈哈，
摘呀摘一篮一篮往院里挎。

架下两人细说着悄悄话：

称赞小姑漂亮机灵和泼辣。
夸奖她培育出优良品种，
豆角高产味美点种千万家。

帮她参谋找一个好对象，
小伙要聪明能干英俊潇洒。
姑娘深受启发若有所思，
两颊红润像绽放的玫瑰花。

兴致浓歌声飞出豆角架，
娓娓动听深深吸引我和他。
还以为是收音机播放的，
姑娘清脆的歌声像歌唱家！

2000年1月28日

假如我是一缕春风

假如我是一缕春风，
就吹遍沃野满山红。
假如我是一缕春风，
就用彩笔描绘美景。

江山多娇百鸟争鸣，
忠诚事业充满激情。
坚韧不拔施展才智，

憧憬未来无限忠诚!

假如我是一缕春风,
就尽情的施展才能。
假如我是一缕春风,
碧绿世界郁郁葱葱。

我喜欢绿色的生命,
万物生长春意浓浓。
春暖花开蓬勃向上,
尽情吹拂苗艳花红!

2020年8月22日

保持心态平衡

你日子过得很好,
我日子过得也行。
你驾轿车代脚步,
我骑自行车欣赏风景。
生活千万别攀比,
头脑理智须清醒。
心态要保持平衡,
讲究奉献论输说赢。

你吃大鱼和大虾,

我食饽饽和煎饼。
你愿意高档消费，
我喜欢简单衣食住行。
生活千万别攀比，
勤俭节约被称颂。
开拓创新永进取，
世上劳动者最光荣！

2013年1月13日

百岁母亲夕阳红

耳清目明和蔼可亲，
衣着得体步履沉稳。
曾操持家务里外忙，
送夫参军，
抗击外敌入侵。
支援前线，
做鞋缝袜，
掩护战士脱险立功勋。
忠于革命紧跟着党，
迎来劳苦大众解放翻身！

艰苦奋斗精神振奋，
耕田种地日晒雨淋。
借着月光纺线织布，

孝敬公婆，
百般体贴温存。
胸怀宽广，
乐观向上，
您任劳任怨勤勤恳恳。
如今享受天伦之乐，
子孙满堂家庭和睦温馨。

鼓励子孙无私奉献，
建设祖国肩负重任。
品德高尚堪称楷模，
母亲教咱怎样做人！

2015年6月27日

有妈妈的感觉真好

有妈妈的感觉真好，
享受母爱，知恩图报。
妈妈关心子孙成长，
体贴入微，考虑周到。
在家里是个主心骨，
做事认真，头头是道。
处处总为别人着想，
默默付出，带着微笑。

有妈妈的感觉真好，
遇到疑难，及时请教。
大事化小小事化了，
解决矛盾，指出高招。
热爱生活乐观向上，
家庭和睦，相互关照。
营造温馨良好气氛，
尊老爱幼，讲究孝道！

祝愿妈妈永远年轻，
健康长寿，青春不老。
祝愿妈妈永远年轻，
活得潇洒，分享美好！

2015年6月26日

对妈妈的思念

我小时候淘气贪玩，
老师布置作业做不完。
妈妈总是关怀备至，
辅导我学习不知疲倦。

灯下给我做花衣衫，
打扮我漂亮像山丹丹。
省下好吃的留给我，

疼我爱我心里倍甘甜。

夜静思念泪水涟涟，
妈妈吃苦耐劳腰累弯。
睡梦里相见常拥抱，
您恩深如海情重如山。

遥遥问候祝福平安，
在外的孩儿日夜思念。
我听到妈妈的呼唤，
就要回家与您喜团圆！

2015年6月30日

这就是我

也有憧憬也有理想，
改变命运背井离乡。
充分体现生命价值，
青春亮丽闪烁光芒。
整日忙碌努力拼搏，
历尽艰辛饱经沧桑。
风雨兼程敢于担当，
一如既往挺直肩膀。
锐意进取奋发向上，
啊，

再接再厉满怀期望！

也有抱负也有志向，
执著追求四处闯荡。
不停奔波汗流颊背，
尽情施展泰山能扛。
吃多少苦受多少累，
夏顶烈日冬迎风霜。
脚踏实地勇于攀登，
播撒爱心成就辉煌。
有时希望成为泡影，
啊，
鼓足勇气继续前往！

2012年8月22日

打工汉子

离开妻儿告别爹娘，
独自在外都市闯荡。
为让孩子继续上学，
爹爹久病欠下了帐。
起早贪黑任雪大风狂，
汗流浃背修路建房。
吃苦耐劳不惧寒暑，
铮铮铁骨铸就辉煌。

咬紧牙关重担肩上扛，
信念坚定意志刚强！

离开妻儿告别爹娘，
历经坎坷饱经风霜。
要让家人生活幸福，
尽快改变贫困状况。
世上酸甜苦辣都品尝，
泰山压顶挺直脊梁。
敢于担当迎难而上，
一双巧手描绘他乡。
铁打的汉子百炼成钢，
笑对人生胸怀坦荡！

啊，亲人团圆盼过年，
游子归来欢聚一堂！

2012年8月5日

好兄长

出门在外你是兄长，
一起打工奋发向上。
讲究信义倍受尊重，
奉献爱心播撒阳光。
不拘小节胸怀宽广，

坦诚相待情深意长，
知恩图报心地善良。
用血汗钱资助困难大娘，
扶危救贫热情相帮。

出门在外你是兄长，
有难同当有福同享。
临危不惧勇斗歹徒，
青春似火血气方刚。
铮铮铁骨品德高尚，
伸张正义弘扬正气，
回报社会赤子心肠。
义务献血挽救产妇生命，
与人为善深受赞扬！

大哥，你是榜样，
做人就得正正堂堂。
大哥，你是楷模，
让人生的价值闪光！

2013年1月23日

奶奶笑出两酒窝

奶奶笑出两酒窝，
国泰民安唱颂歌。

翻天覆地变化大，
太平盛世喜事多。
喜迁新居住别墅，
手机一拨对方接。
家里拥有小轿车，
观光名胜游全国。
上网聊天赶时髦，
与人交流写博客。

奶奶笑出两酒窝，
山也欢来水也乐。
儿子勤劳贡献大，
爱岗敬业当劳模。
孙女学习成绩佳，
北京大学正读博。
身心健康爱唱歌，
日子越过越红火。
今年高寿九十整，
再活九十不嫌多！

2012年8月21日

真诚的朋友

有忧你我共担当，
快乐一起来分享。

你给我排忧解难，
释放爱心人善良。
经你引导和点拨，
使我自信明确方向。
朝远大目标冲刺，
振奋精神增添力量。
啊，真诚的朋友，
总是为别人着想！

你是我的好知己，
注重情意像兄长。
做事都跟你商量，
考虑周到有眼光。
胸怀博大又宽广，
放飞梦想展翅翱翔。
鸟语花香春色好，
前程似锦如意吉祥。
啊，朋友啊朋友，
给予关爱奉阳光！

2014年10月23日

你打开我心灵门窗

你打开我心灵的门窗，
排解了我的痛苦忧伤。

你百般呵护温馨抚慰，
我鼓起勇气变得刚强。

经过你点拨明确方向，
我挺直胸膛再不迷茫。
经过你点拨拓宽视野，
我坚定信念豁达开朗。

感谢你的理解与体谅，
融化尽我心头的冰霜。
你给予我智慧和力量，
我收获一片明媚阳光。

我的好知己我的兄长，
总是为朋友考虑着想。
浩荡的春风鸟语花香，
你恩深情长永远难忘！

2016年6月10日

父亲

父亲忠厚勤勤恳恳，
纯朴本分是位农民。
曾经日子过得清贫，
世上的酸苦都尝尽。

他鼓励我勤奋刻苦学习，
给我力量给我信心。
一身豪气勇挑重任，
踏踏实实做事堂堂正正做人！

父亲一生道路坎坷，
风吹日晒辛苦耕耘。
与人为善高风亮节，
慷慨解囊扶危救贫。
他告诫我从政廉洁奉公，
主持公道讲究诚信。
顽强拼搏不断进取，
誓为共产主义事业奋斗终身！

父亲生活节俭朴素，
粗茶淡饭就很知足。
年事已高不停劳作，
播种施肥田间忙碌。
他警示我为官莫要忘本，
一心为老百姓服务。
尽职尽责当好公仆，
我永远牢记父亲的教诲叮嘱！

2006年6月21日

娘

娘把我带到这世界，
给我生命寄予重望。
您用甘甜乳汁喂养，
呵护儿女健康成长。
您惦记我饥饿冷暖，
体贴入微挂肚牵肠。
您教会我热爱生活，
积极进取奋发向上。
努力拼搏挺起胸膛，
实现梦想创造辉煌！

娘把我带到这世界，
给我春风给我阳光。
您含辛茹苦耗心血，
培养子女成材做梁。
您的性格温和善良，
总把微笑挂在脸庞。
您教我要行善积德，
团结友好为人大方。
鼓舞斗志振奋精神，
千斤的担子敢担当！

如今母子远隔千里，
一往情深遥遥对望。

我急切的呼唤："娘"，
泪流满面心潮激荡！

2013年1月17日

嫂子

我从小就失去爹娘，
嫂子待我如同慈母。
你用乳汁哺育了我，
热心关怀让我感受幸福。
家境贫寒日子清苦，
省吃俭用供我读书。
胜似爱自己的孩子，
温柔体贴无微不至照顾。
当我学习成绩优秀，
嫂子不禁眉飞色舞！

嫂子善良贤惠淳朴，
任劳任怨宽厚大度。
大学毕业应征入伍，
送我上路教诲感人肺腑。
鼓励为国防多奉献，
志存高远高瞻远瞩。
抓住机遇迎接挑战，
积极向上实现胸中抱负。

使我能够健康成长，
含辛茹苦默默付出！

嫂子我的好嫂子，
给我母亲般的爱抚。
我想对你喊声"娘"，
激动眼里饱含泪珠！

2012年8月21日

不见故乡蜿蜒小路

游子追寻着往昔，
不见故乡蜿蜒小路。
新楼房拔地而起，
山上山下长满果树。
我过去的影子呢？
记忆犹新脑海浮出：
妈妈领我小路上，
咿呀学语蹒跚学步。
不忘与姑娘约会，
小路听醉我的倾诉。

美丽的花蝴蝶呀，
兴致为我翩翩起舞。
漂亮的小燕子呀，

跳到我肩上唱新谱。
阔别故乡二十载，
参军扛枪守卫疆土。
小草竟然认出我，
赞叹赤子帅气英武。
我在故乡沉醉了，
颂歌从心窝里飞出。

故乡弯弯的小路，
伴随我欢笑与幸福。
小路随时光消失，
可是在我心中永驻！

2012年8月28日

在家乡把酒言欢

咱俩在家乡相见，
童年往事脑海重现。
你我淘气扮鬼脸，
嬉戏追逐笑开颜。
一别四十载常思念，
月儿圆，碰杯盏。
时光流逝青丝如霜染，
奋发进取永向前！

你是一位好县官，
壮志凌云谱写新篇。
带领群众先致富，
日子越过心越甜。
我率千兵气冲霄汉，
保和平，为国安。
摸爬滚打练过硬本领，
披星戴月守边关！

坚定信念不动摇，
知恩图报积极奉献。
齐心协力谋发展，
泰山压顶腰不弯。
中华儿女勤劳勇敢，
团结紧，心相连。
背负祖国的殷切希望，
再接再厉凯歌传！

2016年1月5日

好媳妇

那年参军告别故乡，
姑娘送我踏上征途。
心地善良高尚纯朴，
知心话儿感人肺腑。

一阵对视情意绵绵，
她让我寄立功受奖证书。
凝望着远去的身影，
挥手告别眼含泪珠。
我激动得心跳加速，
萌生了对她的爱慕。

驻守哨卡二十寒暑，
光荣使命肩上担负。
手中钢枪永远紧握，
国泰民安美满幸福。
家里农活她全包揽，
培养孩子孝敬双方父母。
支持让我安心服役，
任劳任怨高兴付出。
假如人生真有来世，
我还要娶她做媳妇！

2013年5月8日

献给妈妈百岁生日的颂歌

妈妈把我兄妹抚养长大，
堪称贤妻良母勤俭操持家。
如今身心健康脚步稳健，
眼里饱含幸福激动的泪花。

咬紧牙关度过艰难岁月，
培养子女建功立业展才华。
在肥沃土地上生根开花，
茁壮成长像青松坚韧挺拔！

妈妈描绘一幅美丽图画，
生命燃烧如同照明的火把。
您通情达理又善解人意，
子孙献上五彩缤纷的鲜花。

祝您生日快乐青春不老，
高尚的品德催人励志奋发。
祝您幸福安康日子甜美，
碧空悬挂绚丽多彩的朝霞！

2016年1月5日

家乡的娘

孩儿出门在外娘最牵挂，
眼睛凝望远方海角天涯。
小时候娘领我蹒跚学步，
教我咿咿呀呀说普通话。

娘关心子女的健康成长，

冷了添棉衣热了换单褂。
把兄弟姐妹都拉扯长大，
各自在岗位上报效国家。

不论隔山隔水身在何地，
娘总是不放心打来电话：
劝阻不要加班过度劳累，
嘱咐多保重身体别想家。

我与家乡的娘深情对望，
娘满脸皱纹满头是白发。
思念的那泪水在腮上挂，
母子睡梦里常拉家常呱！

2016年1月22日

老爸和老妈

我的老爸和老妈，
年纪都是七十八。
双双上台演小品，
秧歌扭得像朵花。
不管秋冬与春夏，
晨练一天也不落。
能写诗歌会作画，
多才多艺懂书法。

我的老爸和老妈，
退休生活好潇洒。
性格开朗又乐观，
耍刀弄剑活力大，
更新观念求上进，
强身健体有新法。
说学逗唱全都会，
吹打弹拉大家夸。

啊，老爸和老妈，
最赶时髦品位高雅。
啊，老爸和老妈，
幸福的喜悦脸上挂！

2013年1月13日

蓝天飘着洁白云霞

绿藤像条长长纽带，
向高处延伸爬满架。
黄瓜嫩又长，
个个紧挨悬空挂。
好似一群，
小动物玩耍。
穿一身绿，

浑身是刺头朝下，
头顶一朵美丽喇叭花。

老汉兴致浓哼小曲，
正盘算夜里摘鲜瓜。
明儿赶早集，
让城里人尝头茬。
喜鹊登枝，
叽叽喳喳叫。
谁家姑娘，
正弹奏一把吉他？
蓝天飘着洁白的云霞！

2014年10月10日

摇篮曲

我的好宝宝，
不哭莫要闹。
爸爸在军营，
保家卫国立功劳。
妈妈在身旁，
夜半该睡着。
乖乖最听话，
我呀为你轻轻摇。

嗨……嗨……

我的好宝宝，
不要再嚷叫。
妈妈陪伴你，
你该快快困觉觉。
星星回家啦，
鸟儿也睡了。
夜儿静悄悄，
我呀为你轻轻摇。

嗨……嗨……

2000年2月10日

探

阳光照得暖融融，
姑娘地里种芝麻。
一个刨坑一个点种，
边干活儿边啦呱。
姐姐回头探小妹，
结合务农谈想法：
心里高兴乐开花，
不假思索细细答：
辛勤耕耘热汗洒，

描罢春呀再绘夏。
收获金灿灿的秋，
就是写诗作彩画！

学农务农心不变，
施展本领抱负大。
犹如一颗优良种，
埋在地下发新芽。
一代新人新风尚，
微风吹拂传佳话。
夸她种田是能手，
精明灵巧好泼辣。
嘻嘻嘻呀笑哈哈，
歌儿声声飘天涯。
天空呈现绚丽彩霞，
姑娘就像玫瑰花！

2000年1月3日

收工路上

夕阳射，霞一片，
大地绚丽好景色。
人人脸上露喜悦，
农家收工回村舍。

巧媳妇，俊小伙，
叽叽喳喳像喜鹊。
谈论农具咋革新，
生产节约妙计多。

嫂跟哥，递眼色，
附耳悄悄把话说：
"瞧那新郎和新娘，
又说又笑多亲热。"

收音机，播小曲，
悠扬悦耳飘原野。
少女动情随节拍，
手舞足蹈一路歌！

2000年6月9日

农家小景

披着一身晚霞，
小两口好兴致，
收工骑摩托到家。
新娘吩咐新郎：
把餐桌搬到庭院，
沏上新龙井茶。
我做小鸡炖蘑菇，

弄个肉炒黄瓜。

娇妻一阵忙活，
启开一瓶美酒，
称道养身能解乏。
斟满了鸳鸯杯，
一对俊俏好潇洒，
就像一幅妙画。
呷一口呀美滋滋，
笑容浮上脸颊。

月亮也迷住了，
星星馋得眼眨巴。

2000年5月6日

南京的姑娘

一双水灵灵的眼睛，
温柔文雅，性格爽朗。
她来自秀美的南京，
山乡情郎吸引金凤凰。

天生一对男帅女靓，
恩恩爱爱，出入成双。
扎根沃土描绘蓝图，

施展才华建设新家乡。

姑娘恋上乡村小伙，
知书达理，胸怀宽广。
携手并肩比翼翱翔，
青春靓丽深情系山庄。

展望未来心驰神往。
一对鸳鸯，放飞理想。
朝阳东升霞光万丈，
甜蜜写在俩人的脸上！

2013年5月7日

我就要去远方

外出打工别家乡，
恋恋不舍亲吻新娘。
紧紧依偎甜蜜蜜，
情不自禁热泪盈眶。

如花似玉的娇妻，
温柔体贴心地善良。
我向她应说什么？
唯恐心灵遭受创伤。

日子会越来越好，
男儿为生计去他乡。
要让家庭更富裕，
改善条件买车建房。

媳妇肩上有重担，
在家种地伺候爹娘。
再见亲爱的人儿，
天各一方遥遥相望！

2013年1月1日

孩儿过年不回家

春节临近拨通妈妈电话，
告诉过年安排加班不回家。
嘱咐妈妈要多保重身体，
孩儿在外挺好的切莫牵挂。

给您邮的食品别舍不得吃，
给您寄的钱不要舍不得花。
给您买的新衣别舍不得穿，
照顾好自己注意雪天路滑。

春节临近拨通妈妈电话，
我望见您眼含思念的泪花。

明年过年争取早点回家，
热炕上娘俩尽情拉家常呱。

身在异乡惦记茅屋的妈妈，
您眼花背驼青丝变成白发。
我放心不下深情问候冷暖，
您却让我安心工作别挂家！

2016年6月28日

情系故乡

童年的故乡永难忘，
往事在脑海常回放。
吃的爹爹种的红高粱，
穿的娘织的粗布装。
夏天槐树下曾乘凉，
冬天去当街晒太阳。
过年娘给我做花衣，
放鞭炮震得天地响。
期盼小青年娶新娘，
与小朋友一起吃喜糖。

我家住的老屋还有，
遮风挡雨是好地方。
爷爷活着时主持公道，

和父老乡亲情意长。
放学后我挥鞭牧羊，
春色满园鸟语花香。
邻居小妹约我玩耍，
皎洁月下喜捉迷藏。
如今人们幸福安康，
好日子一年比一年强！

魂牵梦绕思故乡，
竟使我兴奋热泪盈眶。
紧紧拥抱着故乡，
澎湃的心潮激情荡漾！

2013年1月23日

深圳抒怀

寒冬腊月我来自北国，
走下飞机顿刻视野开阔。
主人热情款待倍亲切，
风光旖旎吸引观光游客。

蝶飞蜂舞迷恋吻花朵，
小鸟歌唱五彩缤纷世界。
美丽的田野生机勃勃，
枝头悬挂着累累的硕果！

寒冬腊月我来自北国，
深圳绚丽多彩为我欢歌。
细雨淅沥淅沥拍嫩叶，
弄潮儿在大海推浪扬波。

山清水秀又壮观独特，
夜晚明月高照一片皎洁。
我爱北国纷飞的大雪，
也眷恋南国美妙的景色！

2015年2月8日

晚浴

小河托起皎洁月亮，
是谁在碧波尽情歌唱？
那驱赶劳累的天仙，
扬起水珠嬉戏打水仗。

金秋夜色绚丽多彩，
姑娘在水中仰游漂荡。
大地上的灯火辉煌，
阵阵欢笑声传向四方！

2000年5月12日

我回到故乡

思恋故乡魂牵梦绕，
我捧起故乡的一把泥土。
童年往事脑海浮现：
母亲纺线织布通宵忙碌。
爹种的红薯香又甜，
姐姐领我观赏望月亮出。
跟哥哥上山采蘑菇，
与小伙伴玩耍嬉戏追逐。

长者亲切唤我乳名，
姑娘为我接风翩翩起舞。
抚今追昔展望未来，
人们激动流淌晶莹泪珠：
故乡赞美我这宠儿，
忠诚捍卫祖国每寸领土。
社会进步大展宏图，
歌声嘹亮从心窝里飞出！

我在一片欢笑中沉醉，
分享故乡百般的爱抚！

2016年1月5日

赞老年大学

老年大学聚英贤，
绚丽多彩鲜花艳。
吹拉弹唱样样精，
舞姿轻盈赛天仙。

充分展示才艺高，
集思广益谱新篇。
享受生活献余热，
返老还童笑声甜！

2015年3月20日

爱的涟漪

美丽的花蝴蝶

一只美丽的花蝴蝶，
轻盈飞进我的小窗。
感谢你送来了喜信：
晓得那一位好姑娘，
答应与我结成鸳鸯。

我向姑娘倾诉衷肠，
绯红点缀俊俏脸庞。
她羞涩的甜甜一笑，
竟然跑得那样匆忙，
躲进了宁静的闺房。

一只美丽的花蝴蝶，
轻盈飞进我的小窗，
又飞向美丽的姑娘……

2013年9月13日

爱情

人类延续爱是永恒，
吉祥如意满面笑容。
夫唱妇随能够延寿，
彼此尊重情深意浓，

心心相印，水乳相融。
孝敬父母疼爱子女，
营造和睦美满家庭。
编织绚丽多彩的梦，
让喜悦，伴陪着人生！

忠贞不渝心灵相通，
爱的力量无尽无穷。
相濡以沫体谅包容，
苦乐同享相依为命，
风雨路上，携手并行。
憧憬美好感受共鸣，
幸福甜蜜其乐融融。
只有耕耘才能收获，
常言说：家和万事兴！

2012年8月12日

世上最美的是爱情

真诚相待珍惜生命，
双双有缘喜悦相逢。
志同道合甘苦与共，
胸怀坦荡其乐融融。

心与心奏响的共鸣，

世上最美的是爱情。
彼此关怀包容宽宏，
向往未来携手并行！

相互依赖恪守忠诚，
甜甜蜜蜜满面春风。
彩虹绚丽悬挂碧空，
梦想成真心想事成。

如胶似漆兴致浓浓，
爱的力量无尽无穷。
鸳鸯成双不离不弃，
幸福温馨伴随一生！

2013年1月11日

期盼

我寻找一位知音姑娘，
让我沉醉入迷朝思暮想。
亲爱的人儿你在何方？
我为你捧来圣洁和芳香。

一颗炽热的心给姑娘，
姑娘回敬我羞红的脸庞。
兴奋眼里闪烁着泪花，

对我婉约缠绵倾诉衷肠。

雨天我给你撑一把伞，
炎热时我让你舒适乘凉。
你累了就靠在我肩膀，
呵护你我有宽大的胸膛。

亭亭玉立的俊俏姑娘，
拉起了我的手神采飞扬。
我用彩云为你做嫁衣，
双双甜美步入婚姻殿堂！

2012年6月15日

爱恋

谁家姑娘？
如此漂亮。
撑一把伞，
遮挡阳光。
美丽优雅，
质朴大方，
聪明善良。
温柔恬静，
性格开朗。

心心相印，
倾诉衷肠。
终生陪伴，
胸怀坦荡。
我帅你靓，
浪漫潇洒，
风流倜傥。
相亲相爱，
如意吉祥！

永远相伴，
地久天长。
牵着玉手，
心潮激荡！

2018年8月17日

接风

为你接风夜光杯斟满美酒，
再次相见我等你已经很久。
总是不忘美丽俊俏的倩影，
一颗思念魂牵梦绕在心头，
我真好想你想的泪水直流。

你聪明伶俐善良忠诚宽厚，

相识恨晚高雅贤慧又温柔。
青春靓丽像鲜花吐芳正稠，
一派生机盎然山清水也秀，
憧憬未来不懈把美好追求。

我的好知己拉起了我的手，
描绘锦绣年华并肩向前走！

2014年12月12日

北方小城

北方小城耸立高楼，
万里晴空正闪烁星球。
姑娘约我漫步巷口。
诉说未来前程似锦绣。
人生之路各有追求，
南方花盛开依依杨柳。
期盼姑娘能跟我走，
她微微笑向我只点头。

忘记寒风吹透衣衫，
心里头流淌一股热流。
生活丰富绚丽多彩，
但愿回报她百般温柔。
爱得深一生爱不够，

分享幸福把美好感受。
春光明媚精神抖擞。
相互关爱一直到永久！

小城的灯光熄灭了，
我拉着妹妹纤细玉手。
告别小城情深意浓，
望着你呀一步一叩首！

2018年12月1日于成都

阿妹

漂亮的阿妹，
让我目光紧跟随。
像朵红玫瑰，
问我心里装着谁。
回答很干脆：
感觉咱俩最般配。
迷恋欲陶醉，
但愿携手成双对！

俊俏的阿妹，
脉脉含情流喜泪。
为你奉鲜花，
幸福甜蜜永陪伴。

相亲又相爱，
要做小鸟比翼飞。
我的好宝贝，
累了靠着我的背！

放飞的心

亭亭玉立的好姑娘，
眼睛炯炯有神青丝披肩膀。
我向你传递真挚目光：
假若我是一只小鸟，
就为你尽情放声歌唱。
假若我是一朵蓓蕾，
就为你绽开怒放飘逸芳香。
啊，
你打动了我的心，
让我迷恋情深意长！

如花似玉的好姑娘，
脸庞红润高高鼻梁好漂亮。
想对你讲害羞口难张：
假若我是一只蜂儿，
就为你酿甜甜的蜜浆。
假若我是一只蝴蝶，

| 朝向未来：温立新原创歌词选

就为你扇动起美丽的翅膀。
啊，
你朝我点头微笑，
让我激动热泪盈眶！

2009年5月1日

初恋

姑娘朝我甜甜一笑，
我紧张得心怦怦直跳。
你给我透明的眼神，
悄悄传递着爱的信号。

将贪婪目光投向你，
姑娘两颊红润羞添俏。
各自领会分享美妙，
爱的火焰在心中燃烧。

好姑娘啊你可知道？
我愿做你永远的依靠。
好姑娘啊你可知道？
期盼与你携手直到老。

水灵的妹子真乖巧，
读懂了我亲切相拥抱。

阳光明媚春色娇娆，
拥有爱就是拥有美好！

2013年9月13日

草原上的歌声

草原、嫩草、鲜花，
蓝天、飞鸟、云霞。
放牧挥鞭，
驱赶羊儿，
姑娘歌声飘向天涯。
春意盎然，
鸟儿叽喳喳，
小伙边唱边弹琵琶。
相互传递，
欢快的音律，
一呼一应诉知心话。

草原、嫩草、鲜花，
蓝天、飞鸟、云霞。
一对恩爱，
浪漫潇洒，
男帅女靓感情融洽。
风光旖旎，
如诗又如画，

双双投缘巧妙对答：
"高兴你要，
为我当新郎，"
"明儿就娶你到俺家！"

2016年1月16日

问我爱你为什么

问我爱你为什么？
咱在一起充满快乐。
相互信任是支歌，
追求完美同心同德。

朝一个目标努力，
甘苦与共温柔体贴。
你是我心肝宝贝，
双双牵手坠入爱河。

问我爱你为什么？
在意有缘情投意合。
甜甜蜜蜜永相伴，
你给我带来是喜悦。

日子越过越红火，
和睦的家庭幸福多。

恩恩爱爱好默契，
珍惜人生享受生活！

2013年9月23日

美丽的姑娘

我读懂姑娘目光，
相约漫步，
来到小河岸旁。
浪花欢快跳跃，
百鸟争鸣百花飘逸芳香。
姑娘羞涩红脸庞，
委婉悦耳，
向我倾诉衷肠。
同甘共苦度人生，
但愿相亲相爱地久天长。

各自心里装对方，
天生造就，
一对男帅女靓。
妹妹真诚善良，
期盼走进幸福婚姻殿堂。
沉浸在美妙意境，
憧憬未来，
心潮激情荡漾。

她靠在我的肩膀，
聆听醉了我轻轻的歌唱！

2013年5月25日

绿荫树下

绿荫树下一对高雅，
小伙潇洒姑娘像花。
情深意浓羞羞答答，
相互倾诉着悄悄话：
珍爱生命珍惜年华，
崇高的理想志向远大。
小伙说：我喜欢你，
姑娘答：相依为命携手走天涯。
啊，
小鸟醉了叽叽喳喳。

绿荫树下一对文雅，
小伙大度姑娘豁达。
恋恋不舍情意缠绵，
浪漫纯真朴实无华。
辛勤劳动快速致富，
为人民谋福报效国家。
小伙说：我好想你，
姑娘笑，红润点缀俊俏的脸颊。

啊，
情景交融如诗如画！

2009年8月24日

我和阿妹

我把阿妹抱，
心呀怦怦跳。
请接受我的爱吧，
一生对你好。
姑娘红了脸，
扭头抿嘴笑。
喜鹊登枝叽喳叫，
夸赞一对俏。

春色多美好，
花艳清香飘。
相约河边静悄悄，
甜蜜尽情唠。
聪明又乖巧，
腼腆会撒娇。
相依为命携起手，
肝胆永相照。

2012年8月9日

姑娘为我送秋波

姑娘开心快乐，
从我的梦中掠过。
像一只花蝴蝶，
轻盈飞舞恋春色。

执著追求完美，
迎接崭新好生活。
你温柔和谅解，
一片爱心懂得我。

心与心相碰撞，
迸发火花在闪烁。
一双明亮眼睛，
频频为我送秋波。

坠入幸福爱河，
相互给予倍体贴。
一对鸳鸯戏水，
情歌飞出妹心窝！

2015年8月14日

阿妹小桥约情哥

夕阳落呀落山坡，
阿妹小桥约情哥。
曾说一生只爱阿妹，
回敬向他做许诺。

晚霞绚丽满天红，
喜鹊叽喳唱喜悦。
阿哥热烈拥抱阿妹，
阿妹一阵吻情哥。

爱是长长一首歌，
乐在其中幸福多。
忠贞不渝纯洁高尚，
日子越过越红火。

站在桥头手拉手，
心里别提多快活。
向往明天更加美好，
未来属于你和我！

2013年10月5日

童年我和邻里小妹

小妹乖巧好漂亮，
故乡月下曾做迷藏。
她躲屋后用柴挡，
让我逮住笑声朗朗。

上山搭伴采蘑菇，
小妹挎竹篮我提筐。
采呀采呀采得多，
高唱童谣传遍四方！

两小无猜心里爽，
我和小妹山坡放羊。
一阵骤雨暴风狂，
搂她在怀唯恐着凉。

如今各自在他乡，
不晓她是否做新娘？
童年趣事总难忘，
留恋过去美妙时光！

2014年4月11日

因为爱你

因为爱朝思暮想，
但愿与你结成鸳鸯。
因为爱念念不忘，
你听见我为你歌唱？

喜欢你纯朴善良，
欣赏你的热情大方。
迷恋你聪明乖巧，
赞叹你的性格爽朗。

奉送你玫瑰芳香，
你投给我柔情目光。
慧眼识珠有眼力，
我向你娓娓诉衷肠。

等我做你的新郎，
期盼你做我的新娘。
你挽起我的臂膀，
让我陶醉心花绽放！

2013年5月12日

妻子

年轻时你漂亮如花似玉，
你相中我我也选定了你。
我拉你的手你挽起我的手臂，
走入婚姻殿堂结成夫妻。

朝夕相处你是我的知己，
幸福恩恩爱爱甜甜蜜蜜。
克服困难相互支持鼓足勇气，
携手并肩度过风风雨雨。

信守尊老爱幼勤俭持家，
温柔和蔼你是良母贤妻。
与人为善宽宏大度知书达理，
一颗爱心总是无私给予。

岁月把咱的青丝全染白，
彼此倍加关爱珍惜情意。
相依为命走过了多半个世纪，
如有来世我仍娶你为妻！

2000年12月29日

老夫老妻

夕阳五彩缤纷格外绚丽，
夫妻形影不离如胶似漆。
牵手几十年共同度风雨，
如今倍加体贴细心照理。

我才貌双全你亭亭玉立，
双双爱慕有缘走到一起。
是我让你感到幸福甜蜜，
你的存在使我快乐无比。

亲爱的咱再爬一次大山，
我搀扶着你仍旧有力气。
亲爱的咱再划一次小船，
让过去的美好铭刻记忆。

夕阳景色呈现诗情画意，
相敬如宾情深恋恋偎依。
时光流逝把咱青丝染白，
我含泪诉说多么的爱你！

2000年12月29日

悄声对妹说

你亭亭玉立，
笑出两酒窝。
性格好爽朗，
浪漫又活泼。

快乐像喜鹊，
总是爱唱歌。
聪明有智慧，
机灵点子多。

非常喜欢你，
悄声对妹说。
妹也告诉我，
早就看中哥。

你是一朵花，
我愿做花萼。
永远在一起，
温情暖心窝。

2013年5月3日

姑娘一见我就害羞

姑娘一见我就害羞，
总是不由自主绕着走。
传递信息向我靠拢，
想说不好意思难张口。

送上九十九朵玫瑰，
我寻找了你已经很久。
皎洁月下倾诉衷肠，
小桥流水在轻轻弹奏。

知音向我抛出彩球，
满脸喜泪一个劲儿流。
欣赏妹妹慧眼识珠，
读懂我的坦诚与忠厚。

春意盎然绚丽多彩，
蜂飞蝶舞花艳吐芳稠。
心往一处想手牵手，
阳光路上尽情放歌喉！

2016年1月11日

我的心里只有你

知心话儿告诉你，
姑娘你要听仔细：
我的心里只有你，
但愿和你在一起。

你若对我也中意，
咱俩商议订婚期。
害羞微笑不言语，
让我真正读懂你！

奉上一束红玫瑰，
情深义厚要珍惜。
我用一生呵护你，
为你遮风又挡雨。

姑娘心里甜蜜蜜，
夸我小伙好帅气。
匆忙给我一个吻，
跑走让我好欢喜！

2013年5月13日

人生就像一首歌

大眼睛小酒窝，
俊俏伶俐好活泼。
曾说过喜欢我，
眉目传情送秋波。

牵着你的玉手，
月下漫步赏夜色。
双双醉入爱河，
情歌飞出妹心窝！

秋风吹飘落叶，
姑娘竟然背弃我。
止不住的泪流，
凝望星空诉悲切。

花常开也常落，
月亮有圆也有缺。
爱情至高无上，
人生就像一首歌！

2016年6月23日

远方的姑娘

俊俏倩影，
常在脑海回放，
歌声悦耳动听婉转悠扬。
思恋入迷，
眺望远方知音，
愿与你结对成双地久天长。

我让白云，
传递对你的爱，
春风送去我的朝思暮想。
祝愿着你，
永远幸福快乐，
探问姑娘可否为我做新娘？

俊俏姑娘，
一片火热心肠，
沉思美妙意境热泪盈眶。
期盼吉日，
花也好月也圆，
你披红戴花手挽我这新郎！

2009年1月6日

爱你不是我的错

爱你不是我的错，
你好漂亮又圣洁。
默默衷心祝福你，
永远幸福和欢乐。

抓住良机不错过，
我是英俊棒小伙。
请接受我的真诚，
为你献上一支歌！

姑娘快乐笑呵呵，
脸颊红润露羞色。
收下我的红玫瑰，
一阵感动泪花落。

蝶飞蜂舞百花香，
满园春色绿蓬勃。
牵着你纤纤玉手，
一股热流暖心窝！

2013年1月7日

我与月亮

心里装着喜事一桩，
痴情凝望皎皎的月亮。
果真打动一颗芳心，
给我披时尚漂亮银装。

感受温柔性格爽朗，
才敢无拘无束诉衷肠。
按捺不住激动的心，
高伸大手挽她的臂膀。

露是月亮流的喜泪，
滋润了我羞红的脸庞。
她吸引我炯炯目光，
但愿终生相依结成双。

沉思美妙的意境中，
双双高兴得心花怒放。
她拂微风给我扇凉，
弹拨山泉叮咚为我唱！

2013年1月13日

迟到的爱
——致月亮

那时候圆圆皎洁的月亮，
悄悄将
一幅柔纱披我身上，
我羞涩
惊惶失措匆忙躲藏。
如今我鼓足勇气拜见你，
只是叹息
流逝去的美好时光，
紧捂怦怦怦跳动的心脏。

你不改初衷仍深情以往，
我向你
献一颗追悔的纯真，
及两串
流不尽晶莹的泪行。
双双心潮澎湃阵阵激荡，
月亮聆听
我娓娓倾诉着衷肠，
微笑轻轻挽起我的臂膀！

2000年6月22日

阿妹和我唱山歌

阿妹和我唱山歌，
一问一答暖心窝。
唱得山花舞婆娑，
唱得太阳落山坡。

阿妹时而望着我，
两颊红润像苹果。
知道你在想什么，
藏在心里羞不说！

阿妹和我唱山歌，
甜甜蜜蜜好喜悦。
春光明媚景色美，
未来日子更红火。

阿妹喜欢看中我。
手牵手儿暖心窝。
摘朵鲜花为你戴，
含情脉脉送秋波！

2012年8月13日

窈窕淑女

窈窕淑女花容月貌，
亭亭玉立风华正茂。
温柔可爱身材苗条，
看了一眼把魂勾跑。

心爱的姑娘可知晓？
想对你倾诉胆量小。
朝思暮想梦寐以求，
奉上玫瑰叶绿花娇。

风姿绰约伶俐乖巧，
但愿结下百年之好。
情投意合恋恋不舍，
天生一对郎帅女俏。

期待明天花好月圆，
鸳鸯成双吉星高照。
恩恩爱爱白头偕老，
幸福甜蜜人生美妙！

2012年8月6日

草原上的爱情

我在草原上牧马，
一甩鞭子震响天涯。
一位漂亮的姑娘，
向我走来羞羞答答。
她那粉红的笑脸，
像一朵绽放玫瑰花。
她那甜甜的倾吐，
把我一颗心给融化。

朝霞映红了天空，
喜鹊欢快叽叽喳喳。
心与心交流碰撞，
激情燃烧爱的火花。
相拥相抱情浓浓，
浪漫潇洒格调高雅。
一对俊俏如诗画，
双双说不尽悄悄话！

2014年4月28日

朝思暮想

心灵手巧，
漂亮秀气。

风姿绰约，
富有魅力。
帅哥们都在追求你，
我目光也向你传递。
爱情崇高而又神奇，
朝思暮想沉醉着迷。
啊，
渴望幸福美满如意，
快乐温馨，
和你永相伴在一起！

竞争施展，
会有高低。
花落谁家？
依旧是谜。
蜜蜂恋花酿就甜蜜，
期盼与你共绘绚丽。
即使我没这份福气，
同样把祝福献给你。
啊，
阳光明媚诗情画意，
人生美好，
但愿咱牵手走到底！

2016年1月21日

缘分

总是思念着她，
乖巧可爱大方文雅。
漂亮亭亭玉立，
聪明伶俐羞羞答答。
眼睛相互对视，
好姑娘就像玫瑰花。
但愿相依为命，
志存高远凝望天涯。
情投意合有缘，
性格温和交流融洽！

倩影脑海缭绕，
心里装的唯一是她。
我怎么哭了呢？
思念的泪花腮边挂。
被感动的姑娘，
向我倾诉着知心话。
生活充满阳光，
芳心永恒情义无价。
我为他披上那，
用彩霞做成的婚纱！

2013年1月27日

少年夫妻老来伴

老伴笑说我那时候，
对她不放弃总追求。
五十年前倾心交谈，
双双牵手身像通电流。
小河倒映一对俊俏，
喜鹊叽喳欢唱不休。
啊，少女微笑含着羞，
想对我说却难张口。

我夸老伴体贴温柔，
贤妻良母包容宽厚。
同甘共苦日子甜美，
忠贞不渝快乐永相守。
重忆以往喜上心头，
鸳鸯戏水尽兴畅游。
啊，少年夫妻老来伴，
相依为命深情依旧！

2016年1月5日

草原情歌

呼伦贝尔草原迷人，
旭日东升鸟语花也香。

漂亮的蒙古族姑娘，
轻轻挥鞭抽在羊背上。
温柔恬静崇尚理想，
心地善良又直爽开朗。
甘愿伴她天天放羊，
相亲相爱，地久天长。

天空蔚蓝飘荡白云，
绿地上流动银色羊群。
千里迢迢寻找知音，
姑娘牵动我炯炯眼神。
我向往羡慕的天仙，
给我了一个甜蜜的吻。
山誓海盟永不变心，
日子幸福，和睦温馨！

2016年1月21日

草原一枝美丽鲜花

我呀到内蒙古观光，
遇见一位蒙古族姑娘。
大大眼睛高高鼻梁，
聪明伶俐又文静端庄。

天生丽质格外漂亮，

吸引了我的炯炯目光。
假若姑娘也喜欢我，
好宝贝就靠在我肩上。

含情脉脉精神倍爽，
姑娘捂上羞红的脸庞。
倾诉衷肠激情荡漾，
相互欣赏愿结成一双。

百鸟齐鸣百花齐放，
姑娘温柔挽起我臂膀。
草原一枝美丽鲜花，
恋歌动听为我轻轻唱！

2016年1月23日

青梅竹马

童年趣事忘不了，
我和小妹欢唱歌谣。
采一朵美丽鲜花，
插她头上俊又添俏。
嘴甜总夸哥哥好，
天真烂漫相拥相抱。
搭伴上山割青草，
答应长大后就娶她，

让小妹坐大花轿！

如今正值年华好，
都夸一对郎才女貌。
拉着她纤细玉手，
倾诉衷肠在林荫道。
憧憬未来信心增，
愿作天上的比翼鸟。
相依为命永相随，
幸福甜蜜和谐美妙，
深情对视微微笑！

2014年10月3日

童年邻家小姑娘

童年邻家小姑娘，
名字动听叫兰芳。
她约我月下做迷藏，
兜里装着两块糖，
一块给我一起品尝。
在树荫下乘过凉，
天真活泼笑声朗。
憧憬未来心驰神往，
无忧无虑喜洋洋！

小姑娘呀辫子长，
聪明伶俐都夸奖。
放学后搭伴去牧羊，
绿草青青飘清香，
采朵鲜花插她头上。
让我再采胸前戴，
笑问漂亮不漂亮。
难忘她的音容笑貌，
歌声动听为我唱！

回忆以往热泪淌，
凝望远方心潮荡漾。
我那甜甜的梦呢?
总是朝也思暮也想！

2013年1月23日

新婚祝福

幸福靠双双共同精心栽培，
用辛勤汗水孕育娇艳的蓓蕾。
世上生命价值高爱情珍贵，
是知音有缘分结伴相依相随。

志同道合朝目标比翼齐飞，
携手营造生活的和谐与完美。

再过几十年青丝斑白百岁，
回味耕耘收获的甘甜流喜泪。

今天朋友喜庆热烈来聚会，
美酒醇香甘甜痛饮千杯不醉！

2012年6月22日

我的爱发自于心底

一见到你，
激动不已。
天真活泼，
青春魅力。
如花似玉亭亭玉立，
天仙不如你美丽。
我把炯炯目光传递，
请收下吧，
这份厚礼。
但愿你我，
成为知己，
日子幸福甜甜蜜蜜。

姑娘善良，
乖巧伶俐。
落落大方，

重情重意。
一道亮丽的风景线，
天下俊俏你第一。
我的爱发自于心底，
期盼相伴，
形影不离。
悄问可否，
做我娇妻？
你微笑挽起我手臂！

2015年6月13日

咱多年后相聚

咱多年后在海滨偶遇，
你还像以前漂亮美丽。
曾喜欢当年同桌的你，
把"我爱你"的纸条夹你书里。
不料引发你一阵恼怒，
向老师告状招惹非议。
令我难堪竟然不知所措，
想给你道歉缺乏勇气。
一场啼笑皆非的闹剧，
留在脑海成为经典的记忆。

是红娘安排咱相聚吗？

心中又荡漾爱的涟漪。
赞叹你天赋聪明伶俐，
把我的诗集能从头背到底。
送给你一个拥抱亲吻，
深情厚意都在祝福里。
你流泪反思过去的单纯，
再不失良机后悔莫及。
心与心碰撞火花闪烁，
收获迟到的爱和人生启迪！

2015年6月29日

爱得真爱得深

走到一起是缘分，
心心相印情趣相投。
爱得真，爱得深，
体贴入微贤惠温柔。
春色娇，鲜花秀，
追赶时代的新潮流。
肩并肩，大步走，
未来正在向咱招手！

走到一起是缘分，
甜甜蜜蜜描绘春秋。
兴致高，歌声稠，

情深意长永远相守。
我包容，你宽厚，
日子美好前程锦绣。
齐努力，共奋斗，
夫妻恩爱天长地久！

2015年6月29日

老伴

那时候你长得好看，
吸引住我贪婪视线。
相约漫步到小河边，
欣赏游览绚丽景观。
春天娇艳生机盎然，
鸟语花香流水潺潺。
倾诉衷肠肝胆相照，
一生陪伴携手并肩，
你害羞捂上一双眼。
啊，咱在爱河沉醉了，
依依不舍情意缠绵。

那个年月缺吃少穿，
茅草屋里曾经御寒。
相互鼓励共度难关，
恩恩爱爱心里倍甜。

贤妻良母你是楷模，
尊老爱幼孝敬为先。
如今日子过得美满，
子孙满堂绕膝承欢，
家庭幸福合家团圆。
啊，感叹白发似霜染，
永远不忘当年初恋！

2014年4月18日

千里有缘来相会

漂亮的好阿妹，
就像飘香红玫瑰。
气质端庄大方，
彬彬有礼又聪慧。

向她倾吐爱慕，
但愿成双结一对。
乖巧的好阿妹，
情真意切流喜泪。

双双敞开心扉，
畅所欲言笑声脆。
相亲相爱无悔，
幸福甜蜜永伴陪。

挽起我的手臂，
问哥怎样待阿妹。
聆听我细答对，
心里甜甜格外美！

2014年4月22日

姑娘在路灯下等我

朦朦胧胧的月色，
姑娘在路灯下等我。
一颗心怦怦直跳，
我匆忙赶路去赴约。

姑娘请原谅我吧，
让你久等的确是错。
姑娘请原谅我吧，
迟到因忙工作耽搁。

包容理解会体贴，
话儿知心温暖心窝。
脸上笑出两酒窝，
明亮的眼睛在闪烁。

你和我坠入爱河，

相互真诚是一首歌。
星星月亮笑嘻嘻，
手捧鲜花恭喜祝贺！

2014年4月30日

姑娘触动我的心灵

相遇知己是缘分，
我爱上了苗族姑娘。
触动我一颗心灵，
但愿结成一对鸳鸯。
娓娓细语诉衷肠，
展望未来放飞梦想。
鸟语花香好春光，
携手并肩心驰神往。

喜欢她落落大方，
文雅恬静美丽端庄。
善解人意又善良，
含情脉脉热泪盈眶。
拉着她纤细玉手，
腼腆羞红俊俏脸庞。
相依为命永相守，
花好月圆地久天长！

2014年4月23日

恋

星星闪烁月儿明，
松花江水波涛涌。
晚风送爽拂面容，
小船悠悠浪里行。
阿哥摇桨我撒网，
俊男俏女映倒影。
心花怒放人欲醉，
夜色迷人画中景。

脸颊红润诉心声：
"愿与阿哥度终生。
志同道合攀高峰，
风雨同舟奔前程。"
"俺对阿妹早看中，
心想事成喜盈盈。
鸳鸯成对鸟成双，
携手并肩绘彩虹。"

知心话儿说不尽，
相亲相爱情浓浓。
轻轻为他擦热汗，
甜甜蜜蜜乐融融。
鱼儿满舱情满江，
迎来朝霞红日升。

一曲恋歌水上飘，
双双比翼展长空！

1999年5月16日

接风

为你接风斟上美酒，
期盼相见我苦苦等候。
倘若不是一片爱心，
倩影怎会在脑海停留？

情有独钟朝思暮想，
相识恨晚难忘记温柔。
寒冬过后花枝招展，
春巧妙把蓝图描绘就。

啊，我亲爱的朋友，
让咱肩并肩潇洒风流。
啊，我亲爱的朋友，
阳光明媚绚丽谱春秋！

2014年12月12日

月下恋

夜儿静，月儿明，
俊男俏女倾诉衷情。
漫步幽静园林中，
憧憬未来喜盈盈。
百花盛开争奇斗艳，
阵阵馨香袭小径。

星儿闪，亮晶晶，
恋人相互诉说心声：
"你是帆啊我是风，
追波逐浪万里行。"
"点缀蓝图描绘彩虹，
甜甜蜜蜜度今生。"

悄声语，脚步轻，
情投意合相依为命。
月儿皎洁映俊俏，
谈笑风生韵味浓。
鸳鸯结对永远相伴，
双双翱翔展碧空。

2012年4月22日

错过机会

小时候咱一起玩耍，
长大以后见面就害羞。
念念不忘缭绕心头，
相中了姑娘只偷偷瞅。

身材苗条细高个儿，
期盼你做我的女朋友。
我的魂被你吸引走，
梦里相会拥抱手拉手。

心里的爱难以开口，
叹息你成别人女朋友。
想你想的忐忑不安，
止不住的泪水往下流。

凝望月亮倾诉苦衷，
一阵伤痛面对苍天吼。
我的失落成为遗憾，
却不愿把过去再回首！

2014年4月27日

漂亮姑娘相中我

漂亮姑娘相中我，
含情脉脉送秋波。
相约来到小河旁，
垂柳倒影舞婆娑。

夸我聪明智慧多，
勤劳勇敢是楷模。
相亲相爱暖心窝，
一拍即合好快活。

感情相互有寄托，
姑娘早就看透我：
我的心里装着她，
不好意思开口说。

手牵手呀热泪落，
心心相印唱恋歌。
双双沉浸幸福中，
喜悦跳起迪斯科！

2014年4月26日

姑娘吸引我炯炯目光

亭亭玉立的姑娘，
吸引去我炯炯目光。
含情脉脉互对视，
我向她娓娓诉衷肠。

羡慕她抱负远大，
喜欢她的落落大方。
赞美她恬静善良，
欣赏她的高雅时尚。

让我迷恋的姑娘，
像玫瑰花争艳绽放。
脸颊红润微微笑，
拉着我手激情荡漾。

双双沉浸陶醉中，
期盼结成一对鸳鸯。
恩恩爱爱甜蜜蜜，
幸福美满如意吉祥。

2014年4月22日

美丽的姑娘

姑娘俊俏满面笑容，
端庄秀气漂亮水灵。
体态优美舞姿轻盈，
温柔大方文雅恬静。

总想赢得她的芳心，
形影不离伴随一生。
不晓怎样获得认同？
互敬互爱产生共鸣。

姑娘乖巧伶俐聪明，
喜欢我的豁达真诚。
一双会说话的眼睛，
投给了我热烈回应。

鸟语花香满面春风，
双双默契兴趣浓浓。
两颗心激烈的碰撞，
相互吸引水乳交融！

2014年4月19日

裁剪彩云为她做嫁妆

乌克兰姑娘特漂亮，
蓝蓝的眼睛黄发长。
喜欢泰山情系长江，
愿嫁中国小伙做新郎。
像一朵红玫瑰绽放，
点缀黄土飘逸芬芳。
姑娘瞧着我抿嘴微笑，
轻轻挽起我的臂膀。
她沉思在甜蜜之中，
心驰神往婚姻殿堂！

乌克兰姑娘特漂亮，
心地善良落落大方。
两颗心吸引相碰撞，
她依偎在我温暖胸膛。
像只小鸟欢快歌唱，
龙凤呈祥喜气洋洋。
裁剪彩云为她做嫁妆，
我要迎娶美丽新娘。
共度幸福温馨时光，
相亲相爱地久天长！

2014年4月26日

让我痴迷的好姑娘

弯弯的眉毛像月亮，
眼睛忽闪忽闪圆又亮。
肩披秀发像黑瀑布，
脸颊红润像玫瑰绽放。

相思使我如痴如醉，
睡梦里为你做了新郎。
如果你呀也相中我，
就牵手走进婚姻殿堂。

吸引去我炯炯目光，
触动我心潮激情荡漾。
但愿恩爱形影不离，
浪漫温馨甜蜜共分享。

女孩高雅时尚大方，
聆听我娓娓倾诉衷肠。
活泼可爱笑声朗朗，
赞不绝口夸奖说我棒！

2014年4月22日

追念

相亲相爱甜甜蜜蜜，
你给我带来快乐无比。
走过坎坷度过风雨，
四十余载携手绘美丽。
身患重病坚强刚毅，
但愿创造生命新奇迹。
热爱生活珍惜时光，
却闭上眼睛安逸静谧。

沉痛缅怀风雨凄凄，
大地呼唤忠诚的儿女。
你用智慧回报社会，
高风亮节而积极进取。
严以律己宽以待人，
性格独特具有感染力。
等到来生还结连理，
让温馨幸福陪伴到底。

呼天唤地嚎啕哭泣，
心中充满敬佩和感激。
我的爱妻一路走好，
再向你深情鞠躬致意！

2014年4月23日

花园月夜

月亮给大地披银装，
花园里静悄悄飘溢芬芳。
姑娘依偎在我怀中，
双双沉醉爱河心潮荡漾。

我把真诚献给姑娘，
姑娘被感动得热泪盈眶。
唱着一支甜甜情歌，
纤细玉手挽起我的臂膀。

准备做我漂亮新娘，
相亲相爱步入婚姻殿堂。
天意把咱配成一对，
温馨快乐共度美好时光。

甘愿给你遮风挡雨，
我拥有结实坚强的胸膛。
人生道路漫漫悠长，
让爱心一直到天老地荒！

2015年6月27日

你回敬我甜甜微笑

亭亭玉立漂亮姑娘，
我喜欢你性格开朗。
奉送给你玫瑰芳香，
你回敬我甜甜微笑，
但愿牵手共度好时光。
姑娘温柔而又善良，
啊，啊，好姑娘，
使我朝也思暮也想！

如花似玉聪慧姑娘，
我欣赏你优雅大方。
情意缠绵倾诉衷肠，
爱心与爱心相碰撞，
悄问何时给你做新郎？
姑娘腼腆羞红脸庞，
啊，啊，好姑娘，
让我心潮阵阵激荡！

2014年10月13日

花前月下

浪漫花前月下，
姑娘温柔文雅。

脸颊绯红俊俏，
像绽放玫瑰花。
我读懂你心思，
相互倾诉知心话。
靓妹夸我潇洒，
但愿结成一对，
风雨相伴走天涯！

漫步林荫小道，
碧空飘荡云霞。
春风轻轻吹拂，
是谁弹拨吉它？
喜鹊登枝祝福，
跳跃欢唱叽喳喳。
期待花好月圆，
亲爱的我为你，
披一身漂亮婚纱！

2014年10月18日

姑娘与我来相会

寻找知己投缘，
姑娘与我来相会。
眼睛炯炯有神，
温柔恬静笑声脆。

我会让你幸福，
相依为命永不悔。
你心中装着我，
我感动得流热泪。
你乖巧又伶俐，
气质高雅耐寻味。

姑娘体贴入微，
关怀备至好甜美。
心心相印可贵，
天生丽质人聪慧。
我的心肝宝贝，
相亲相爱永伴随。
亲爱的你累了，
就靠在我肩上睡。
憧憬美好未来，
共同把理想放飞！

2014年10月31日

亲爱的

过去你英俊，
我也很漂亮。
你牵我的手，
漫步小河旁。

春天花盛开，
小鸟齐鸣唱。
爱你在心里，
只是羞不讲。

憧憬甜蜜蜜，
心往一处想。
月亮赞许咱，
天生是一双。

做了你新娘，
瞧你热泪淌。
幸福又温馨，
欢乐同分享！

2013年1月1日

爱

聪明好阿妹，
善良心灵美。
乖巧讨人爱，
总是笑微微。

温柔又体贴，

坦然敞心扉。
眼睛会说话，
恬静耐品味。

漂亮好阿妹，
就像红玫瑰。
脉脉含深情，
欣慰流热泪。

鸟鸣声声脆，
花娇绿叶配。
姑娘相中我，
鸳鸯成双对！

2013年1月3日

爱个痛快爱不够

相亲见面在桥头，
碧水淙淙向东流。
倾诉衷肠情缠绵，
脸颊绯红几分羞。

我握住姑娘玉手，
感谢芳心为我留。
甜甜蜜蜜喜悠悠，

爱个痛快爱不够!

依依不舍在桥头,
水中鱼儿轻轻游。
姑娘恬静又温柔,
多想拥抱亲一口。

双双尽情放歌喉,
月亮笑得喜泪流。
夸奖天生是一对,
相亲相爱天地久!

2014年10月10日

喜鹊登枝叽喳喳

小伙眼睛会说话,
英俊阳刚又潇洒。
油然而生的爱恋,
既忘不掉也放不下。
心头缭绕是牵挂,
念念不忘总是他。
啊,
让我腼腆羞答答,
不由自主红脸颊!

小河流水哗啦啦，
冬去春来发绿芽。
双双岸上漫步走，
倾诉满腹的知心话。
他要做我男朋友，
我却忸怩不回答。
啊，
微风轻轻拂秀发，
心潮起伏涌浪花！

永结同心手拉手，
喜鹊登枝叽喳喳！

2014年10月23日

我成为你的新娘

我成为你的新娘，
今天走进婚姻殿堂。
幸福温馨甜蜜蜜，
咱被包围花的海洋。

你帅我靓结鸳鸯，
互敬互爱俊俏一双。
喜鹊登枝叽喳叫，
舒心快活尽情歌唱。

我成为你的新娘，
畅想未来如意吉祥。
人生道路长又长，
春风浩荡洒满阳光。

花好月圆鞭炮响，
人逢喜事精神倍爽。
人间美好是天堂，
让爱直到地老天荒！

2014年10月6日

爱像一条长长纽带

双双面向浩瀚大海，
浪花跳跃，绚丽多彩。
杨柳依依难舍难分，
彼此倾吐，充满期待。

美国女孩伶俐真乖，
眷恋泰岳雄伟长江澎湃。
愿结良缘嫁给帅哥，
扎根中国展现智慧风采。

甜蜜和谐相亲相爱，

爱情崇高，穿越国界。
青春年华流光溢彩，
幸福美满，鲜花盛开。

天生一对地造一双，
洋姑娘有魅力赢得信赖。
山东小伙棒真气派，
把外籍的凤凰引进家来！

2014年10月23日

心爱的姑娘

当我想你的时候，
凝望皎洁圆圆月亮，
魂牵梦绕在心头。
千里相隔呼唤芳名，
等待与你结良缘，
朝夕相处永远相守。

姑娘像只花喜鹊，
吸引迷人真够乖巧，
给了我美的感受。
我裁剪天上的彩虹，
为你做漂亮嫁衣，
迎娶俊俏大家闺秀。

相亲相爱情趣投，
你挽起我的臂膀，
热泪一个劲儿流！

2013年9月7日

过去多年后

过去多年有缘邂逅，
我依然深情你也温柔。
华年流逝眷恋依旧，
叹息步入生命的晚秋。

没有青春潇洒浪漫，
互相疼爱，关心问候。
你高兴牵起我的手，
浑身像触电一股热流。

送你九十九朵玫瑰，
从此恩爱和睦永相守。
脸颊紧贴在我胸口，
衣襟竟然被热泪滴透。

一对善良淳朴忠厚，
体贴入微，情趣相投。

爱心与爱心相碰撞，
温馨幸福甜蜜刚开头！

2013年9月23日

我真诚的告诉姑娘

我真诚的告诉姑娘，
自己没轿车住出租房。
在外打拼全靠坚强，
不辞辛苦重担双肩扛。
我的爱只能心里藏，
职业不稳定闯荡异乡。
但愿姑娘另做选择，
衷心祝福一生安康，
我答谢姑娘情深意长！

姑娘文雅落落大方，
夸奖我优秀心地善良。
甘心情愿同甘共苦，
携手并肩让梦想飞翔。
打造明天幸福天堂，
分享温馨甜蜜好时光。
挽起我手臂笑声朗，
羞说要给我做新娘，
唱一首情歌热泪盈眶！

啊，纯洁而又高尚，
让我最崇拜的好姑娘！

2013年9月22日

约会

姑娘约我，
到林荫道旁。
说有秘密，
只能对我讲。
不知所措，
羞红俏脸庞。
捂上眼睛，
一阵笑声朗。
啊，
聪慧活泼漂亮。
让我心动，
真诚的好姑娘！

性格爽朗，
高雅又时尚。
我读懂她，
含情的目光。
相互欣赏，

吸引着对方。
鸟儿争鸣，
百花溢芳香。
啊，
温柔恬静善良。
让我迷恋，
爱慕的好姑娘！

2013年9月1日

东北姑娘

黑土地上生黑土地上长，
黑土地孕育东北好姑娘。
个子长得高文雅又漂亮，
聪明伶俐恬静胸怀坦荡。

热情大方有魅力高智商，
迷住小伙眷恋念念不忘。
哎咳哎咳哟哎咳哎咳哟，
东北的姑娘就是靓呀靓！

黑土地上生黑土地上长，
黑土地养育东北好姑娘。
口直心快温柔清秀端庄，
吃苦耐劳性格豁达爽朗。

善解人意有涵养个个棒，
惹得小伙爱结对成鸳鸯。
哎咳哎咳哟哎咳哎咳哟，
东北的姑娘就是靓呀靓！

2013年9月25日

寻找

翻开过去的影集，一张大学同学毕业合影照展现面前。

我寻找往昔，
打开发黄了的影集。
四十年过去，
一眼认出那时的你。
你亭亭玉立，
活泼聪慧有吸引力。
能作诗绘画，
沉醉在美妙意境里。
我爱上了你，
魂牵梦绕永难忘记。

心中的秘密，
想说缺少的是勇气。

写完的情书，
一直封存藏在心底。
留下的遗憾，
追悔莫及常常相忆。
默默祝福你，
万事称心吉祥如意。
如果有来世，
咱争做一对好夫妻！

2013年9月26日

但愿永远陪在你身边

高高鼻梁浓眉大眼，
像仙女下凡来到人间。
樱桃小嘴笑声清脆，
苗条的身材舞姿蹁跹。

我献给你一颗真诚，
让你愉快度过每一天。
我要用生命呵护你，
但愿永远陪在你身边。

姑娘吸引我的目光，
牵着我的手心里倍甜！

2013年9月9日

悄悄探问月亮

心中爱慕的姑娘，
我尊敬崇拜的偶像。
送给你玫瑰芬芳，
还有我的真诚豪爽。
却被你婉言谢绝，
给我留下遗憾感伤。

坚持不懈的追求，
一颗期盼朝思暮想。
终于解脱了困惑，
振作精神不再迷茫。
悄悄探问着月亮，
我的那一半在何方？

2013年9月2日

变态的婚姻

你对我说过，
相爱到永远。
拥有爱就是福，
心里比蜜甜。

竟然有一天，

笑颜变冷眼。
道别了说再见，
从此不相干。

热衷傍老汉，
腰里缠万贯。
甘愿奉献青春，
花芳正娇艳。

爱情是与非，
由谁做评判？
变态的婚姻哟，
让我一声叹！

2013年9月1日

永远不忘那时候

我对妻悄声说，
永远不忘那时候。
我体贴呀你温柔，
双双河岸漫步走。
妻对我抿嘴笑，
说我也不知"害羞"。
啊，
话虽然这样说，

却甜在了心里头。

度过四十春秋，
温馨幸福乐悠悠。
为你撑起一把伞，
风雨路上并肩走。
心总往一处想，
相亲相爱长相守。
啊，
齐努力再加油，
春光明媚有奔头！

2013年9月6日

不期而遇

多年前我交给她情书，
是一个少男渴望的朦胧。
倾诉爱慕炽热的真诚，
但愿一同撑起一片晴空。

思念沉醉在甜甜梦境，
焦急的等待像秋叶飘零。
盼望喜悦回复无音信，
我把俊俏倩影珍藏心中。

不期而遇兴致特别浓，
咱比先前变得老成持重。
询问日子过得可好吗？
几个儿女老公尊姓大名？

她脸上立刻失去笑容，
叹息本应拥有纯洁爱情。
遗憾当年的幼稚可笑，
却难以将心灵创伤抚平！

2013年9月24日

追悔

梦里又遇见她，
长得漂亮像朵花。
相见依旧羞答，
满腹是激情，
埋藏心底不表达。
惋惜错过机会，
姑娘远走已婚嫁。

我真不责备她，
热泪横流腮边挂。
我真不责备她，
只怨恨当初，

不敢说出心里话。
该忘记就忘记，
祝她幸福运气佳。

那失落的感悟，
让我收获是启发。
那心里的秘密，
饱含着酸甜苦辣！

2013年1月3日

阳光路上咱并肩行

细高个儿大眼睛，
风情万种步履轻盈。
温柔漂亮又恬静，
触动我的一颗心灵。

春暖花开景色美，
相互吸引情深意浓。
心心相印手拉手，
姑娘娇羞脸颊绯红。

你给我一片忠贞，
我奉献给你是真诚。
喜欢你伶俐乖巧，

赏识你的天赋聪明。

在迷恋之中沉醉，
恩爱甜蜜其乐融融。
形影不离永相伴，
阳光路上咱并肩行！

2013年9月28日

老公爱我我爱老公

一路前行荡漾春风，
相依为命，描绘美景。
编织绚丽多彩的梦，
心往一处想甘苦与共。

生活甜蜜幸福美满，
家庭和睦，其乐融融。
老公爱我我爱老公，
用青春创造精彩人生。

一起打拼收获丰盈，
向往未来，风雨兼程。
吉祥如意心想事成，
同心同德信守着忠诚。

相互关心体谅包容，
恩爱有加，韵味浓浓。
咱若有来世还牵手，
用生命书写美好人生！

2016年1月2日

我依旧争取

心中崇拜的偶像，
姑娘漂亮有魅力。
朝也思呀暮也想，
陶醉美妙意境里。

我喜欢的就是你，
把渴望眼神传递。
你怎么不在意呢？
竟让我一阵叹息！

心里总也放不下，
我默默爱上了你，
挥之不去的印象，
在脑海里永铭记。

重新审视我好吗？
我给你幸福甜蜜。

决定选择我好吗?
做对恩爱好夫妻!

2013年9月7日

我默默爱上你

我默默爱上你,
像沙漠渴望绿洲蓬勃。
我默默爱上你,
像寒冷中期盼一团火。
你完美而圣洁,
高雅的气质吸引了我。
愿牵你的玉手,
走进人生缠绵的爱河!

呵护包容体贴,
用爱心温暖你的心窝。
甜蜜相濡以沫,
感受幸福共享新生活。
选择你没有错,
我深情为你唱一支歌。
双双形影不离,
你是花朵我就是花萼!

2013年9月8日

我好喜欢你

姑娘开朗又温柔，
浓眉大眼漂亮清秀。
我被你吸引打动，
朝思暮想惦记心头。
请接受我的真诚，
但愿一生永远相守。
是我不适合你吗?
婉言谢绝我的追求。

责备自己不优秀，
洒一把泪水对天吼。
祝你幸福和快乐，
念念不忘思恋依旧。
我的心里只有你，
甘心情愿陪伴永久。
姑娘还有机会吗?
我会努力耐心等候!

2013年9月9日

姑娘走进我梦里

心里藏着秘密，
姑娘走进我的梦里。

一把花雨伞下，
两颗心紧紧连一起。
但愿朝夕相处，
你可否做我的知己？
双双共建爱巢，
恩爱幸福甜甜蜜蜜。

我打心里爱你，
说出口来没有勇气。
念念不忘着迷，
写一张纸条告诉你。
激动得热泪滴，
让我真正读懂了你。
给我一个轻吻，
含羞挽起我的手臂！

2013年9月22日

只盼做一对好夫妻

姑娘漂亮亭亭玉立，
我沉思陶醉如痴如迷。
爱情纯洁神圣高尚，
你温柔乖巧青春魅力。

情投意合本是缘分，

你把我眼球给吸引去。
气质高雅天生丽质，
但愿与你牵手走到底！

忠贞不渝坚定不移，
相亲相爱永不离不弃。
我裁剪彩云做嫁衣，
打扮得使你更加美丽！

携手并肩早圆喜梦，
只盼做一对恩爱夫妻。
甜甜蜜蜜永在一起，
我的心中只有一个你！

2014年10月10日

我总是不忘从前

姑娘你过得好吗？
如今是否结婚有新家？
你还能记得我吗？
春风吹拂咱漫步花前月下。

天气炎热的时候，
我为你披上漂亮轻纱。
天气寒冷的时候，

我给你添加暖和的棉马甲，

曾经山盟海誓过，
你怎么把忠贞又给他？
爱不能喜新厌旧，
婚姻需真诚掺不得半点假。

永远不忘是从前，
送你九十九朵玫瑰花。
你真想抛弃我吗？
我默默的承受泪水流两颊！

2014年10月26日

漫步校园林荫小道

喜鹊登枝叽叽喳喳，
校园谁边唱，
边弹琵琶？
你我漫步林荫小道，
天空呈现七彩云霞。

姑娘恬静夸我潇洒，
倾诉衷肠满腹知心话。
欣赏你的活泼机灵，
绯红点缀着俊俏脸颊。

轻轻挽起我的臂膀，
怀春的少女，
柔情倍加。
期盼明天更加美好，
鸳鸯恩爱锦上添花！

爱情促使精神焕发，
让理想放飞目标远大。
天生一对郎才女貌，
对唱流行歌时尚高雅！

2014年10月17日

双双期待结成鸳鸯

姑娘胜过天仙漂亮，
你吸引了我炯炯目光。
性格爽朗乖巧善良，
如花似玉，恬静端庄。

欲寻一位英俊情郎，
探问与你结对我相当？
温柔可爱胸怀坦荡，
挽起我手臂轻轻歌唱！

姑娘举止文雅大方，
给我一个飞吻笑声朗。
绯红点缀俊俏脸庞，
柔情似水，倾诉衷肠。

气质高雅品德高尚。
百鸟齐争鸣鲜花绽放。
期待吉日结成鸳鸯，
美好的日子地久天长！

2014年10月13日

我聆听你轻轻歌唱

亭亭玉立的姑娘，
心地善良文雅大方。
吸引了我的眼球，
投去含情脉脉目光。

我给你一颗真诚，
倩影总在脑海回放。
但愿牵你的玉手，
憧憬未来并肩前往！

聪明伶俐的姑娘，
让我崇拜朝思暮想。

你心领神会一笑，
害羞捂上俊俏脸庞。

挽起了我的臂膀，
我聆听你轻轻歌唱。
期盼花好月儿圆，
双双步入婚姻殿堂！

2016年1月3日

我默默喜欢你

聪明善良的姑娘，
吸引我的炯炯目光。
眼睛有神会说话，
乖巧伶俐优雅大方。

我默默喜欢上你，
但愿鸳鸯结对成双。
阳光明媚春色好，
你把笑意写在脸庞！

漫步林荫小路上，
姑娘挽起我的臂膀。
我愿做只小绵羊，
温顺陪伴在你身旁。

你像只快乐小鸟，
叽叽喳喳抒情歌唱。
默契心往一处想，
高兴要给我做新娘！

2016年1月7日

爱情心曲

视线与视线相碰撞，
随即转移羞涩的目光。
爱情心曲你我共享，
各自将意愿传递对方。

向往美好心花怒放，
竟令我迷恋念念不忘。
想对你表白口难张，
总是抑制不住，
一颗激烈跳动的心脏！

情歌缠绵低声吟唱，
姑娘被感动热泪盈眶。
漫步幽静园林小路，
互诉衷肠心往一处想。

像含苞待放的花蕾，
天生一对欲结成鸳鸯。
漂亮善良的好姑娘，
轻轻地温柔地，
欣慰吻着我俊俏脸庞！

2016年1月30日

我曾爱恋的女友

一见面就感觉面熟，
原来是我过去的前女友。
二十多年没有音讯，
风韵犹存举止文雅依旧。

温柔恬静眉清目秀，
难忘花前月下倾诉含羞。
相互依偎情意缠绵，
心怦怦跳身上像通电流。

曾许诺给我做新娘，
一反常态嫁欧洲阔老头。
舒适的日子喜悠悠，
当上老板娘只贪图享受。

如今回乡游山赏水，

总是炫耀富贵物质丰厚。
老翁遗留满足需求，
却不知晓与谁人再牵手?

2016年1月31日

解读奥妙是姑娘

心中崇拜的姑娘，
有一个秘密，
只想对你讲。
可是还没有把口张，
惊慌失措就羞红脸庞。
啊，怎么也放不下，
念念不忘，
朝也思暮也想。

解读奥妙是姑娘，
你给我送来，
温柔的目光。
于是鼓足勇气表白，
敞开心扉尽情诉衷肠。
啊，让我心花怒放，
姑娘轻轻，
挽起我的臂膀!

2016年1月11日

我和好姑娘

小时候你天真好漂亮，
聪明伶俐乖巧受夸奖。
咱在月下嬉戏曾捉迷藏，
当我从草垛把你逮住，
两人对视一阵笑声朗。

我家枣树结果垂你家，
祖辈友好交往历史长。
放学路上我教你唱新歌，
突然闻到你家饭菜香，
干妈劝吃脆饼喝鸡汤。

长大后距离反而拉长，
一见你我就羞红脸庞。
心怦怦怦跳动不知所措，
虽想对你讲可口难张，
好姑娘读懂我的目光。

鼓足勇气向你诉衷肠，
娇柔的妹妹神采飞扬。
脸颊俊俏像红玫瑰绽放，
我拉起你的纤纤玉手，
憧憬未来情深意也长！

2012年6月24日

甜甜蜜蜜暖心窝

我心里装的是你，
你心中也装着我。
志同道合情意浓，
靓妹夸我是帅哥。
我给你一片真诚，
你给我关心体贴，
感谢为我送秋波。
红花需要绿叶配，
双双坠入了爱河！

我对靓妹悄悄说，
相亲相爱有寄托。
携手并肩向未来，
夫妻和谐歌声多。
江山多娇前程美，
日子越过越红火，
甜甜蜜蜜暖心窝。
就等待吉日良辰，
漂亮姑娘嫁给我！

2016年1月9日

我打心里喜欢你

我打心里喜欢你，
姑娘可否做我知己？
你活泼开朗善良，
天生丽质青春朝气。
把我眼球吸引去，
但愿与你永在一起。
悄声告诉好姑娘，
一辈子爱你心不移！

心中崇拜的偶像，
姑娘优雅文静魅力。
聪明伶俐有智慧，
俊俏秀气令人着迷。
许诺给我做娇妻，
激动不已流着泪滴。
如胶似漆情依依，
我的宝贝我的唯一！

2016年1月23日

默默祝福姑娘

让我参加你的婚礼，
告知你成为别人新娘。

一阵叹息彷徨不安，
难以抚平心灵的创伤。
曾一起布置好婚房，
姑娘又爱上另位情郎。
我只好道一声拜拜，
举目凝望皎皎的月亮。

让青春永闪烁光芒，
鼓起勇气挺直了胸膛。
默默耕耘寻求梦想，
愿花好月圆情深意长。
憧憬未来鸟语花香，
心情舒畅恋歌轻轻唱。
明天仍带忠诚上路，
去会见另位美丽姑娘！

2016年1月29日

假若你也看中我

如花似玉蒙古姑娘，
风雪造就性格顽强。
伶俐乖巧，小鸟依人，
活泼可爱心地善良，
勤劳勇敢热情大方。
天空蔚蓝白云飘荡，

轻轻挥鞭牧牛放羊。
我的心被你打动了，
朝思暮想娶你做新娘。

亭亭玉立蒙古姑娘，
像朵鲜花妩媚绽放。
聪明机灵，文静端庄，
微笑写在俊俏脸庞，
高雅秀气性格开朗。
热爱生活阳光向上，
不懈追求放声歌唱。
假若你也看中了我，
就牵手步入婚姻殿堂！

2016年1月18日

待到花好月圆

姑娘俊俏亭亭玉立，
机灵乖巧，聪明伶俐。
我喜欢你沉醉着迷，
憧憬未来，诗情画意。
要爱就要爱得彻底，
相敬如宾，甜甜蜜蜜。
忠贞不渝配合默契，
天生一对将结成伉俪。

姑娘迷人风姿绰约，
举止优雅，知书达理。
爱的称心爱的如意，
白头到老，不离不弃。
相依为命如同鱼水，
给你遮风，给你挡雨。
待到吉日花好月圆，
我为你披上漂亮嫁衣！

2016年6月21日

俄罗斯姑娘

蓝蓝眼睛高高鼻梁，
金丝头发眉毛像月亮。
精通汉语交谈流畅，
爱上中国小伙做情郎。
羡慕华人注重情感，
携手到老，恩爱久长。
孝敬父母心地善良，
勤劳勇敢，积极向上。
喜欢山川如诗如画，
气温四季如春暖洋洋。

蓝蓝眼睛高高鼻梁，

金丝头发眉毛像月亮。
温柔恬静性格开朗，
与汉族小伙结成鸳鸯。
扎根农村这片热土，
充分施展，发挥特长。
邻里和睦友好往来，
善解人意，胸怀宽广。
让青春从这里腾飞，
安居乐业幽静的山庄！

2016年1月31日

我送给你一颗真诚

我送给你一颗真诚，
请收下吧亲爱的姑娘。
你聪慧伶俐又乖巧，
吸引了我的炯炯目光。

姑娘文雅心地善良，
温柔恬静性格好开朗。
鸳鸯成对碧空翱翔，
愿结合一起地久天长。

春色明媚百花绽放，
放飞理想扬帆去远航。

相依为命甜甜蜜蜜，
欢笑幸福在心中流淌。

敞开心扉拥抱霞光，
我聆听你轻轻的歌唱。
即将牵你纤细玉手，
步入美好婚姻的殿堂！

2016年1月14日

我真心喜欢上你

群星快乐聚一起，
你的闪烁最亮丽。
告诉一个好消息，
我真心喜欢上你。
主宰命运靠自己，
获得爱情要珍惜。
相逢本来是天意，
幸福来的不容易！

群星快乐聚一起，
你的漂亮我着迷。
眼睛有神会说话，
热情大方晓事理。
相亲相爱情无限，

彼此信任是福气。
人生路上互给力，
诗情画意甜蜜蜜！

2015年2月4日

最难忘当年的初恋

一见到你俊俏倩影，
爱慕之心顿刻萌生。
风姿绰约体态轻盈，
吸引我一双多情的眼睛。
好姑娘也把我看中，
彼此忠诚相互包容。
憧憬未来拥有共鸣，
浓笔描绘绚丽多彩的梦！

鸳鸯结对其乐融融，
形影不离并肩前行。
风雨同舟相依为命，
锦绣前程事业红火兴隆。
崇尚爱情忠贞不渝，
万事如意心想事成。
最难忘当年的初恋，
牵着你纤细玉手喜盈盈！

心潮起伏回味无穷，
让我永远铭记那一段情！

2016年1月30日

日子平淡咱精彩过

同唱一首爱情心曲，
真诚相待，信守承诺。
日子平淡咱精彩过，
夫唱妇随，相濡以沫。
淡泊名利甘于奉献，
道路坎坷，并肩跋涉。
相依为命相互寄托，
积极向上，努力拼搏！

心想事成吉祥如意，
彼此包容，谦让理解。
尊老爱幼邻里团结，
夫妻恩爱，家庭和谐。
阳光明媚满园春色，
同心同德，追求执著。
创造幸福崭新生活，
人生如诗，岁月如歌！

2016年1月22日

真诚投缘心灵共鸣

一见钟情满面春风，
相互吸引，心灵共鸣。
依依不舍真诚投缘，
崇尚美好，赞颂爱情。
不图富有家财万贯，
凭借智慧，尽显才能。
憧憬未来如诗如画，
对着月亮，海誓山盟。

恩恩爱爱其乐融融，
共同描绘，锦绣前程。
甜甜蜜蜜信仰忠贞，
彼此理解，彼此尊重。
关心体贴宽厚包容，
双双营造，温馨家庭。
志存高远持之以恒，
天空呈现，绚丽彩虹！

2016年1月31日

倾吐

问我爱你啥理由，
真不好意思说出口。

阿妹漂亮又温柔，
看你呀总也看不够。
和你脾气很相投，
但愿肩并肩往前走。
海枯石烂心不变，
相亲相爱直到白头！

花前月下诉衷肠，
喜在心里笑在眉头。
相拥相抱情意深，
你轻轻拉着我的手。
心潮起伏难平静，
双双一阵子热泪流。
不离不弃甜蜜蜜，
一生陪伴永远相守！

2013年1月12日

恩爱之歌

恩爱是一首歌，
你是我生命的一切。
感受你的温柔，
芳心给了我幸福和喜悦。
高兴为你付出，
你累了就紧靠着我。

一起度过风雨，

啊，

阳光温暖你和我的心窝！

恩爱是一首歌，

同心同德相互体贴。

崇尚忠贞不渝，

共享绚丽多彩美好生活。

甘愿陪伴一生，

我关心你你疼爱我。

永远快快乐乐，

啊，

我的脉搏连着你的脉搏！

2013年1月27日

爱在小桥

碧水映俊影，

浪花跳跃嬉戏追逐。

我一往情深，

向姑娘由衷的倾诉：

嫁给我好吗？

你就是我掌上明珠。

一生呵护你，

相亲相爱快乐幸福！

碧水映俊影，
鸟语花香春风吹拂。
姑娘兴致浓，
气质高雅宽容大度。
脸上展笑容，
甘心给我做好媳妇。
把一生托付，
夸奖我刚强有风骨。

心潮起起伏伏，
歌声从心窝里飞出。
双双一阵对视，
激动眼里饱含泪珠！

2013年1月3日

吸引

亭亭玉立的姑娘，
温柔文静举止大方。
像一只快乐小鸟，
天真活泼轻轻歌唱。

我深深的爱上她，
不晓怎样打动姑娘？

哦，敬佩和向往，
腼腆的走近她身旁。

如花似玉的仙女，
机灵乖巧纯朴善良。
我被她吸引住了，
魂牵梦绕朝思梦想。

娓娓向她诉衷肠，
打量羞红俊俏脸庞。
哦，我彻底领悟，
那柔情似水的目光！

2013年1月6日

芳心向我抛彩球

眉毛弯弯像月牙，
水灵的姑娘好俊秀。
聪明乖巧高智商，
乐观向上勇于追求。

心中爱慕的姑娘，
让我思念缭绕心头。
看不见时总是想，
见面以后而又害羞。

姑娘猜透我的心，
喜在心里说不出口。
指望月老牵红线，
甜甜蜜蜜手牵着手。

情侣漫步河岸走，
委婉倾诉百般温柔。
承诺相爱到永久，
芳心向我抛出彩球！

2013年1月4日

我爱你爱的好苦

我真爱你爱的好苦，
甘心情愿为你付出。
只想用行动感动你，
你就是我掌上明珠。
我英俊潇洒又浪漫，
家财万贯让你享清福。
期盼相爱手牵着手，
日子甜美欢乐共度。
你怎么对我不在乎？
婉言谢绝一片真诚，
我眼睛里饱含泪珠！

你喜欢对方有担当，
相互体谅相互爱慕。
憧憬未来一同打拼，
依靠双手创造财富。
姑娘聪明乖巧漂亮，
朝思暮想娶你做媳妇。
可惜咱们没有缘份，
呼天唤地嚎啕大哭。
感受失落折磨之苦，
再见吧可爱的姑娘，
叹息人生不能同路！

2014年10月3日

缘份

姑娘呀聪慧清秀，
把我一颗心吸引走。
风姿绰约韵味浓，
礼貌文雅恬静温柔。
她向我微笑示意，
我一阵激动泪水流。
倾诉衷肠只害羞，
姑娘就等我先开口。

鸟语花香春色美，
山泉抒情叮咚弹奏。
姑娘心里甜滋滋，
唱起了情歌乐悠悠。
小鸟依人好乖巧，
我拉着她纤纤玉手。
忠贞不渝永相守，
姑娘夸我赞不绝口！

2016年6月10日

我心里装的是你

我心里装的是你，
总想娶你做娇妻。
情投意合有福气，
人生难遇的是知己。
思念竟魂牵梦绕，
梦里常常在一起。
携手并肩绘美丽，
我沉思诗情画意里。

关心体贴问候你，
悄悄给你发信息。
倾吐衷肠表心意，
相依为命忠贞不渝。

恩恩爱爱度日月，
甜甜蜜蜜走到底。
请收下我的真诚，
甘愿为你遮风挡雨！

2016年6月10日

姑娘吸引我的目光

机灵乖巧热情大方，
姑娘吸引我的目光。
热爱生活阳光向上，
聪明伶俐文雅端庄。

但愿你我结对成双，
做比翼鸟碧空翱翔。
上天摘星星揽月亮，
创造辉煌放飞梦想！

一颗爱心打动姑娘，
心潮澎湃激情荡漾。
你娇柔的甜甜一笑，
腼腆羞红俊俏脸庞。

我将成为你的新郎，
甘做你一只小绵羊。

要让姑娘开心快乐，
相亲相爱地久天长！

2016年6月10日

姑嫂

碧绿连碧绿，
遍布海角天涯。
姑嫂忙不停，
巧手打棉杈，
嫂子悄声问，
小姑须回答。
心甜乐悠悠，
笑答爱恋啥：
爱青春惜年华，
晨愿赏朝霞。
爱土地热汗洒，
耕耘种庄稼！

说她会打岔，
俏女仍继续答：
莫乐不是假，
将来找个他，
和土要有缘，
务农喜庄稼。

巧嫂没有话，
眼睛直眨巴。
两人相互对视，
一阵笑哈哈。
风吹禾苗舞呀，
咏歌沙沙沙！

2013年1月2日

心灵的呼唤

隔山隔水望眼欲穿，
我听到远方的呼唤。
深情遥望漂亮姑娘，
双双期盼团团圆圆。
彼此挂牵相互思念，
穿越时空心灵震撼。
啊，
待到喜庆新婚燕尔，
蝶飞蜂舞鸟语花艳！

爱情是快乐的源泉，
世上珍贵的是情感。
一道美丽的风景线，
春光明媚阳光灿烂。
山花烂漫花枝招展，

诗情画意情意绵绵。
啊，
家庭和睦幸福美满，
甜甜蜜蜜直到永远！

2016年6月10日

莫要错爱

天真浪漫设计未来，
姑娘对幸福充满期待。
乖巧伶俐追求精彩，
构想两人快乐的世界。

面向小伙倾诉崇拜，
忠心耿耿性格好直率。
可惜帅哥已有选择，
他们正处于热烈相爱！

既然被对方谢绝了，
怎么还依旧痴心不改？
强扭的瓜儿不会甜，
难道你喜欢这样的爱？

大千世界五彩缤纷，
爱情的确难以说明白。

命运要靠自己主宰，
人间美好处处真情在！

2009年10月17日

凝望星空

小伙文雅姑娘恬静，
花前月下谈笑风生。
娓娓倾诉满腹衷情，
相互把对方给感动。
爱情纯洁彼此忠诚，
心潮起伏难以平静。
期盼花也好月也圆，
憧憬未来其乐融融。

姑娘突然消失踪影，
捎信告知结束恋情。
一阵叹息无所适从，
心灵创伤隐隐作痛。
祝愿姑娘一生幸福，
我泪流满面望星空。
振作精神继续前行，
雨后晴空呈现彩虹！

2011年1月18日

山欢水笑

美丽的小浪花

小浪花机灵潇洒，
活泼时尚追求高雅。
一跃跳上了水面，
征程千里流向天涯。

在浪尖嬉戏玩耍，
像少女夺魁展才华。
成功就在一刹那，
你既平凡而又伟大！

啊，美丽的浪花，
精彩绝妙名扬天下！

2014年4月1日

银色的瀑布

在幽深峻峭的峡谷，
积蓄了无限的冲击力。
终于等到出头之日，
匆匆来不及停留瞬息。

像一幅秀丽的白云，
振奋起了理想的银翼。

朝着大海扬长手臂，
去创造奇迹施展自己！

1999年5月3日

浪花颂

浪花银白机灵活泼，
时尚亮丽壮观独特。
风里雀跃浪里闪烁，
在浩荡的激流追逐奔波。
独创一派自成体系，
举止精彩反复起落。
不断追求创新开拓，
充分发挥不把机遇错过。
浪花点缀滔滔大海，
美化滚滚大江大河。
自强不息朝气蓬勃，
站在风口浪尖夺魁拼搏！

浪花高雅伶俐洒脱，
勇往直前永不退缩。
风浪造就坚强性格，
脱颖而出浩瀚展示自我。
驾驭惊涛波澜壮阔，
塑造完美有声有色。

百媚千娇唱响战歌，
置身汹涌澎湃轰轰烈烈。
继往开来努力作为，
气势宏大含情脉脉。
小巧玲珑招人喜爱，
你是有勇有谋的佼佼者！

1990年1月1日

小河的钟情

一条长龙蜿蜒曲折，
浪花喜追逐荡漾碧波。
胸怀坦荡义无反顾，
奔赴浩瀚与惊涛汇合。

梦寐以求波澜壮阔，
施展才智尽显弄潮本色。
朝着目标不怕遥远，
重新塑造崭新的自我。

天真活泼真挚心切，
憧憬未来永追求卓越。
坚定不移兴致勃勃，
日夜兼程洒下一路歌。

一颗思恋终于如愿，
在风口浪尖欢快集结。
大海热烈张开手臂，
拥抱接纳多情的小河！

1999年2月1日

雨珠

我是一颗小小雨珠，
云朵就是流动的家族。
雷鸣擂响祝贺礼炮，
闪电就是前进的明烛。
曾经游玩赏心悦目，
悬空随风向到处飘浮。
与其逍遥虚度光阴，
不如脚踏实地绘春图。

默默追求气度非凡，
信念坚定回归上征途。
迫不及待朝下坠落，
扑向大地真正的归宿。
小苗迎接随风摇摆，
沙沙地歌咏翩翩起舞。
伸展双臂将我拥抱，
坦然舒心紧紧的依附。

有人把我比做甘露，
激动的心潮起起伏伏。
小苗呀快把我抖落，
就落在你根部的泥土！

2010年1月17日

一颗坠海的小雨滴

乐悠悠地朝向巨浪，
即汇入永恒不干涸的集体。
大海激动扬起手臂，
热烈欢迎来自天上的知己！

乐滋滋地扑向波涛，
没能溅起一朵小小的浪花。
有人说她被淹没了，
大海却说她和我一样博大！

乐融融地落入浩瀚，
大海接纳百川也收留微小。
她在浪潮尽情施展，
跃上九霄与月亮相拥相抱！

兴冲冲地亲吻汪洋，

小雨滴欣喜若狂放声歌唱。

献身大海如愿以偿,

惊天动地激昂壮丽创辉煌!

1997年4月30日

涌泉恋

为摆脱黑暗,

默默地积聚力量。

等待着时机,

鼓足劲头涌向上。

于是解放了,

获得自由见太阳。

一首激情曲,

奉给大地叮咚唱!

2010年4月3日

瀑布的魄力

一跟头翻山下,

就是喜欢摔摔打打。

聚成一条溪流,

叮咚叮咚匆匆出发。

已经久别故地,

奔赴大海高兴回家!

不愿孤独寂寞,
勇敢冲出绝壁悬崖。
浪花追逐浪花,
满腔热忱尽情抒发。
改变不了命运,
将会永远受大山压!

承受压力愈大,
就愈促使激情迸发。
勇于向前冲杀,
铸成朵朵俊俏浪花。
凭聪明和智慧,
获得了明媚的天下!

2010年2月2日

海答问

高山问大海:
朋友有几多?
大海扬手笑着说:
有淅沥淅沥,
小雨珠儿在扑落。
有清泉汇合,

叮咚叮咚唱欢歌。
还有飞舞的，
纯正洁白的春雪。
和夜以继日，
滚滚奔赴的江河。
啊，
集体是力量源泉，
只有紧密团结，
才能够赢得，
浩瀚波澜壮阔！

2000年6月

日夜流淌的小溪

叮咚叮咚，叮咚叮咚，
一首长歌，清脆动听。
叮咚叮咚，叮咚叮咚，
谁家少女？心扉打动。
传递喜信，脉脉含情，
跳到山下，欢快由衷。
哦，溅起一朵一朵小浪花，
调皮嬉戏追逐有色有声。

叮咚叮咚，叮咚叮咚，
追求执著，寻找共鸣。

叮咚叮咚，叮咚叮咚，
向着遥远，忠贞赤诚。
一颗纯洁、美的心灵，
精神抖擞，热烈盛情。
哦，弹拨悦耳的心弦行进，
陶醉入迷体味美妙意境。

叮咚叮咚，叮咚叮咚，
追逐憧憬，与海相融。
叮咚叮咚，叮咚叮咚，
带着希冀，倾吐恋情。
歌洒一路，脚步匆匆，
披星戴月，日夜兼程。
哦，我听到浩瀚浪涛呼啸，
就是你们相逢激动情景！

2009年1月21日

大海与小河

小河跳跃，
欲与大海衔接处。
于是大海，
对小河由衷倾诉：
既然世间，
有咱各自的位置。

不论大小，
都拥有独立自主！

小河唱起，
委婉动听的情歌。
毅然流给，
孕育万物的沃土。
大海笑捧，
汹涌澎湃的波涛。
向着小河，
频频的挥手祝福！

2000年5月7日

问小河

小浪花儿奋力跃起，
也不能拥抱高天的云朵。
叮咚叮咚蹦着天真，
叮咚叮咚跳着舒心快乐。

奔赴向往实现寄托，
洒一路衷情漂一路欢歌。
知道自己力量薄弱，
去寻找大海激烈的脉搏？

你快点儿告诉我吧，
兴冲冲流淌温柔的小河！

2009年6月1日

小河情

小河流淌碧浪清波，
弹拨心弦快乐在欢歌。
朝着向往如痴如醉，
嬉戏的浪花又起又落。

日夜兼程一路喜悦，
你蜿蜒长长追求执著。
胸襟博大忠贞不渝，
流水淙淙奔向了黄河。

去融入母亲的怀抱，
急急忙忙向前不停歇！

2009年6月2日

小河恋

叮咚叮咚欢奏交响乐，
弹拨一首长长入迷的恋歌。
穿过山谷绕过了高坡，

向往美妙的憧憬追逐寄托。

我恍然领悟你的渴望，
思念大地一路奔跑吻绿禾。
我被感动流下了热泪，
毅然加入有声有色的行列。

流水声像敲击的鼓点，
小河我就是你呀你就是我！

2010年3月25日

瀑布颂

像一位俊俏的少女，
披着绚丽秀美的银发。
浑身是胆豪情满怀，
跳下了山崖真够泼辣。

浪花一路追逐嬉戏，
你要去哪里呀把营扎？
欢呼雀跃歌唱大地，
眷恋碧绿萌发新嫩芽！

2010年5月3日

小河颂

一路跳跃兴高采烈，
好似顽童调皮不停奔波。
叮咚叮咚奏响乐曲，
坦荡尽情倾吐衷心喜悦。

去寻找博大的他么？
激流旋转像俊颊的酒窝。
大海正炽烈的期待，
扬起了手臂呼唤情切切。

欢腾温柔的小河哟，
高山峻岭都聆听你唱歌！

2010年1月15日

小河与大海

小河性情温和，
向着大海诉说：
 "我爱平静安宁生活，
节奏欢快流畅，
微风吹拂荡漾碧波。"
大海汹涌澎湃，
振臂呐喊声嘶力竭：

"我喜欢是坚强，
绚丽多彩独特，
敢于弄潮轰轰烈烈！"

小河受益匪浅，
在思索新突破。
毅然加入浩瀚壮阔，
驾驭潮起潮落，
脱颖而出展现自我。
奔放豪迈执著，
跳跃嬉戏天上云朵。
开拓进取拼搏，
执著追求不懈，
共同谱写大海战歌！

1999年6月3日

小溪

似条长龙弯弯曲曲，
叮咚叮咚歌咏不息，
忠贞赤诚如痴如迷。
小浪花追逐小浪花，
又蹦又跳欢喜无比，
天真多情真够顽皮。
为了延续生命价值，

朝着目标浑身是胆，
汇入不干涸的集体。
伸展着长长的手臂，
你用智慧拥抱大海，
辛勤耕耘改变自己！

蜿蜒曲折伸展绵长，
叮咚叮咚抒情豪放，
欢欣鼓舞歌唱太阳。
崇尚美好心胸宽广，
风流尽显匆匆忙忙，
浪花嬉戏心驰神往。
披星戴月一路激荡，
坚定信念不可阻挡，
越过峡谷绕过山岗。
热烈相聚浪拍打浪，
大海把小溪托上天，
水珠溅湿皎月脸庞！

2010年4月9日

一条干涸的小河

再没有浪花的调皮，
再没有俏丽的涟漪，
再也不能欢歌笑语。

相助知己潺潺流去，
追逐向往如痴如迷，
眷恋母亲报效大地。
就是为了春华秋实，
把血液输给了碧绿，
流给花香流给果蜜。
一点也不顾及自己，
你是那么注重情意，
只剩下干瘪的身体！

向往浩瀚创造奇迹，
迷恋惊涛勇敢参与，
热烈投入寻找知己。
伸展开长长的身躯，
披星戴月追赶遥远，
一路歌唱千里万里。
让血液流入了大海，
轰轰烈烈惊天动地，
滚滚洪涛经久不息。
躺着的河床干裂了，
失去活力不能言语，
无私奉献毫不吝惜！

2010年1月7日

泉水叮咚叮咚地流淌

泉水叮咚叮咚地流淌，
激起朵朵浪花都是欢畅，
留下俊美也留下遐想。
我的眼波紧紧跟随你，
你怎么顾不上瞧我一眼？
蹦蹦跳跳歌唱朝远方。

泉水叮咚叮咚地流淌，
浪花书写精彩美妙诗行，
尽情歌咏大地赞春光。
我领略你的风采陶醉，
意境深奥胸怀博大宽广，
追逐着理想心驰神往。

泉水叮咚叮咚地流淌，
弹拨乐谱清脆爽朗悠扬，
执著的向往热烈豪放。
我一颗心被你打动了，
毅然加入你的队列奔跑，
踏着鼓点声流进海洋！

2009年3月21日

江河海

欢腾的大江大河，
给向往的大海，
输去自己的血液。
大海掀起大浪，
朝江河频频致谢。
水水相融声声和，
江也说，河也说：
"心心相印喜相聚，
都是主人不是客！"

欢腾的大江大河，
坚定而又执著，
与大海一起跳跃。
浩瀚波澜壮阔，
热烈拥抱情话多。
水水相融共欢舞，
江也说，河也说：
"相投千里寻知己，
一起弄潮唱新歌！"

2009年1月10日

鸟云问答

"愁什么呢?"鸟问云。
"唉,心里好悲伤!"
"究竟因为什么呢?"
"受骗了,上天就流浪!"

"扑向大地?"鸟问云。
"对,心里好舒畅。"
"何时再来游太空?"
"不流浪,就上一次当!"

2010年1月3日

山溪

叮咚叮咚叮咚叮咚,
谁家少女?倾吐衷肠。
扬起浪花精彩漂亮,
像条长龙,延伸远方。

叮咚叮咚叮咚叮咚,
襟怀坦荡,喜气洋洋。
踏着欢快节拍行进,
生命闪光,壮丽辉煌。

叮咚叮咚叮咚叮咚，
洒脱活泼，性格豪爽。
夜以继日追赶浩瀚，
欣赏惊涛，向往骇浪。

叮咚叮咚叮咚叮咚，
弹拨乐曲，清脆悠扬。
美好意境心驰神往，
融入大海，高声歌唱！

2010年5月4日

白云

一条洁白无瑕的纱巾，
是哪一位小伙的纯真？
少女羞涩的扭头一笑，
天边出现了一道红润。

好像一幅透明的轻纱，
在蔚蓝的天空中悬挂。
小伙陶醉取下送给她，
绯红点缀俏少女两颊！

1989年1月9日

虹

以五彩缤纷的色彩，
悬挂雨后碧蓝晴空。
是痴情少女的衣裙？
系着小伙甜美的梦！

谁构思的彩绸悬空？
精心点缀格外奇妙。
小伙诱惑得陶醉了，
姑娘躲一旁抿嘴笑！

1986年2月1日

山与水

水，抱着大山，
大山呀昏昏欲睡。
醒来后讥笑谈论起水：
"你总是欢蹦乱跳，
没有一个固定方位。"

水，哗哗笑了，
它没把大山理会。
浇灌远方的鲜花盛开，
正散发浓郁清香，

婀娜多姿展示秀美!

啊,水的心灵美,
把我感动得流热泪!

1999年1月10日

露

夜里悄悄来,
晶莹明亮。
依附绿叶儿,
坦然舒畅。
看见启明星,
而依然,
不慌也不忙。

怎么羞怯呢?
瞅着太阳。
太阳的光芒,
照耀身上。
就化作珍珠,
钻进了,
肥沃的土壤。

我赞美你呀,

慷慨激昂，
放声为你唱！

2009年6月10日

泰山上的彩云

登上岱之巅，
飘来一彩云。
笑问我从何处来，
又引思乡情，
母葬黄河滨。

彩云轻拂袖，
泪眼湿衣襟。
赞叹炎黄育雄魂，
铮骨顶天立，
风流天下闻！

1999年5月3日

春雨

滴答、滴答、滴答，
春雨轻盈舞姿潇洒。
滴答、滴答、滴答，
种子破土孕育嫩芽。

颗颗玉珠亮晶晶，
犹如空中飘落轻纱。
大地苏醒吮玉液，
情景交融如诗如画。

滴答、滴答、滴答，
春雨恋秋结金娃娃。
滴答、滴答、滴答，
万物生长激情萌发。

上天派遣的使者，
与春姑娘倾诉情话。
有声有色微风吹，
碧绿即将遍布天涯！

2001年1月5日

我是大海

万顷波涛掀起巨澜，
汹涌澎湃，吼声震天。
胸怀博大满腔热忱，
气势磅礴，开创新篇。

热血沸腾意志坚定，

雄浑浩荡，拍打云天。
描绘亮丽的风景线，
慷慨激昂，尽情施展。

亲吻小溪拥抱百川，
接纳雪花，收留雨点。
广袤浩瀚威力无限，
顽强搏击，风流尽显。

高唱战歌冲击向前，
再接再厉，果断勇敢。
我是大海就要弄潮，
奋发向上，直到永远！

2010年1月9日

大海的启示

大海总是那样的欢快，
浪涛滚滚，汹涌澎湃。
奋发向上，奔腾豪迈，
风景亮丽，壮观精彩。

快快乐乐度过每一天，
气势磅礴，激情满怀。
发扬光大，顽强拼搏，

承前启后，继往开来。

浩浩荡荡开创新世界，
千军万马，雄才统帅。
热火朝天，何等气派，
生命不息，活力不衰。

我要做大海一滴水珠，
轰轰烈烈，青春常在。
我要做大海一朵浪花，
流光溢彩，高唱未来！

1989年1月1日

欢腾的大海

雨滴飘落大海旋涡，
江河流给大海亲吻洪波。
溪水融进大海脉搏，
雪花拥抱大海倾诉恋歌。

聚集力量浩浩荡荡，
汹涌澎湃壮丽奔腾豪放。
永葆青春生机勃勃，
震撼惊天动地慷慨激昂！

追求完美轰轰烈烈，
积极进取勇敢挑战自我。
浪涛抚摸高空云朵，
水珠溅湿月亮俊俏酒窝。

大海咆哮声嘶力竭，
风吼雷鸣掀起惊涛骇浪。
你不断吸收新血液，
奏响了气势磅礴的乐章！

2014年10月2日

回归大海的云彩

我的故乡就是大海，
浪涛滚滚汹涌澎湃。
接受使命激情满怀，
飞上蓝天成为云彩。

忠于职守久久在外，
思恋故乡憧憬未来。
即将告别奔腾云海，
回归团聚分享母爱。

雷电为我前进照明，
狂风呼啸把路通开。

大海张开一双手臂，
喜迎赤子胜利归来。

云彩感动嚎啕大哭，
哭的舒坦气势豪迈。
一下子扑向娘怀里，
激昂慷慨流光溢彩！

2018年4月8日

大海的威力

大海吸引去江河，
又紧紧抱住小溪。
连一颗微小的雨滴，
也倍加珍护爱惜。

把它们都感化了，
才有不衰的威力。
波涌浪急长久持续，
总不断施展自己！

啊，大海的魅力，
给我了深刻的启迪！

2012年8月7日

彩云

站在高山之巅，
一片彩云轻盈飘来。
与我亲切拥抱，
相告故乡就是大海。

派遣飞向蓝天，
点缀碧空释放情怀。
圆满完成使命，
即将回归展示风采。

沉着自信坚定，
气度非凡爽快慷慨。
狂风赶来送行，
闪电给力雷鸣喝彩。

你化作了暴雨，
急切扑向汹涌澎湃。
溅起朵朵浪花，
在娘怀笑得心花开！

2013年9月14日

我是天上一片云彩

我是天上一片云彩，
东游西荡飘着无奈。
任凭风摆布命运难主宰，
把握时机充满期待。

目标宏大激昂慷慨，
追求卓越壮观气派。
厌倦飘泊的游子盼团聚，
思念的泪水挂满腮。

我是天上一片云彩，
崇尚高雅呼唤未来。
浪漫潇洒尽情展示才智，
精神振奋豪情满怀。

狂风啊猛烈地吹吧，
雷电助威轰鸣喝彩。
随即化作暴雨飘落大海，
投入巨浪汹涌澎湃！

2012年8月8日

天上飘逸的云彩

天上飘逸一片云彩，
自己的命运由自己主宰。
不拘一格别出心裁，
舞姿轻盈潇洒浪漫气派。

曾是江河朵朵浪花，
乖巧伶俐漂亮博得喜爱。
曾是湖泊滚滚浪涛，
追求向往抒发豪情满怀！

大海绚丽汹涌澎湃，
望眼欲穿期盼云彩到来。
但愿共同参与合作，
高奏凯歌展现壮阔精彩。

风流尽显激昂慷慨，
云彩依然难舍浩瀚云海。
信念坚定笑逐颜开，
感谢大海的看重与安排！

2016年1月30日

云

思念故乡，
梦寐盼回归。
风对云说，
我给你添力。
雷对云说，
我给你助威。
风嗖嗖嗖，
席卷着天空。
雷鸣电闪，
壮丽增光辉！

感激的云，
答谢风和雷。
告别太空，
喜悦心欲醉。
扑向大地，
化作了喜泪。
鲜花怒放，
青松挺拔翠。
山清水秀，
大地格外美！

2013年1月9日

积云

一大块一大块的积云，
曾飘悠无忧无虑的兴奋。
如今成熟却改变自我，
聚集在一起格外的深沉。

骤然天地间一片黑暗，
狂风和雷电迅速的来临。
积云化作了倾盆大雨，
冲刷灰尘大地焕然一新！

2014年5月17日

春云恋

你倾吐爱眼睛湿润了，
激动得将自己化为喜泪。
像一颗颗透明的珍珠，
组成一条条银链空中坠。

悠悠飘落咏唱着恋歌，
将高山大川装点格外美。
渗透土地再孕育蓓蕾，
一片生机盎然津津有味。

是捕捉金灿灿的秋么？
像痴情女子期盼胖宝贝！

1999年4月28日

水的变态

以另种形态，
在蓝天上飘飞。
欲主宰辽空，
却被风向摆布，
朝东又向北。

雷鸣和电击，
迫使畏缩落坠。
嚎啕泣悲泪，
还其本来面目，
水呀就是水！

1990年5月5日

雪花

六角花瓣，
剔透晶莹，
精美别致，
漫天白绒。

胸怀博大，
肩负使命，
久盼回归，
空中启程。

一颗眷恋，
一颗钟情，
一颗纯正，
一颗洁净。

朝着大地，
飞舞轻盈，
奉献一颗，
美的心灵！

1996年5月6日

雪花的眷恋

雪花飘飞纷纷扬扬，
即将回到大地故乡。
来自天空胸怀宽广，
憧憬未来心驰神往。

眷恋春天山清水秀，

喜欢温暖欣赏阳光。
毅然决然改变自我，
悄悄消融浸透土壤。

雪花洁白晶莹明亮，
追求高雅美丽时尚。
敢于开创崭新局面，
生机勃勃一派兴旺。

催促种子萌生发芽，
向往沃野翻滚绿浪。
迎接鲜花五彩缤纷，
期待金秋万里飘香！

2014年4月13日

哭泣的云

一滴一滴，
云在悲切的哭啼。
仍念飘游，
难舍高空无边际。
来自大地，
可不视她为知己。

它不回归，

愿永久背弃大地。
雷鸣电击，
却偏又迫不得已。
躯体畏缩，
渐渐泣成了泪滴！

1986年5月12日

冰的秉性

愈受残酷，
愈是那么坚毅。
一片柔情，
却改变了自己。

冷酷施暴，
显露一身刚强。
见了春阳，
就成软骨投降！

1990年5月1日

不反思的云

多次体会，
自酿的悲剧。
悔过自新，

回归大地。
春风得意时，
就忘却了。
哦，
又抛弃大地为云，
飘荡的游子，
天涯浪迹。

导致屡次，
上同样的当。
反复不断，
来来去去。
偏偏是自己，
加害自己。
哦，
总是一场又一场，
惭愧悲哀的，
声声哭泣！

1997年3月6日

浪花赞

柔中有刚，
风流豪爽。
置身浩荡，

尽情歌唱。

站在浪尖，
勇敢坚强。
灵巧优雅，
塑造形象！

纯洁漂亮，
潇洒时尚。
追求理想，
奋发向上。

勇于担当，
胸怀坦荡。
汇入大海，
创造辉煌！

2013年9月10日

活泼的浪花

浪花活泼又漂亮，
机智勇敢意志坚强。
一往无前向远方，
潇洒自如柔中有刚。

在风口浪尖嬉戏，
小巧玲珑完美时尚。
足智多谋有胆量，
塑造自我独特形象！

浪花活泼又漂亮，
展示精彩生命辉煌。
慷慨激昂放声唱，
喜欢雨骤任暴风狂。

坚持信念不动摇，
终于圆了追逐梦想。
融入浩瀚的大海，
托起一轮皎洁月亮！

2015年6月3日

快活的小溪

叮咚叮咚叮咚叮咚，
由衷倾吐轻轻歌唱。
披星戴月告别家乡，
日夜流淌努力前往。
渴望美好追逐理想，
痴情迷恋朝着远方。

叮咚叮咚叮咚叮咚，
坚定信念柔中有刚。
穿过峡谷身披霞光，
潇潇洒洒慷慨激昂。
视野开阔胸怀宽广，
风流尽显步履匆忙。

叮咚叮咚叮咚叮咚，
又蹦又跳迎着朝阳。
就是喜欢大风大浪，
永不停留如愿以偿。
你融进浩瀚的大海，
手捧浪涛献给月亮！

2014年10月1日

大江大河浩浩荡荡

大江大河浩浩荡荡，
浪花活泼，壮观独特。
积极进取探索不懈，
激情豪放，气势磅礴。

胸怀宽广足智多谋，
冲击向前一路高奏凯歌。
义无反顾信念执著，

风流尽显轰轰烈烈荡洪波！

勇敢豪迈别致洒脱，
拓宽视野，挑战自我。
流水弹拨动人心弦，
浪涛滚滚，气壮山河。

大海呼啸兴致勃勃，
热烈拥抱远来的参与者。
共同弄潮掀起巨浪，
嬉戏高天绚丽多彩的云朵！

2014年10月23日

浪花

落了重起，
练就柔中有刚。
驾驭风浪，
朵朵银花绽放。

现了又隐，
涌进洪流追浪。
展示刹那，
她跟谁捉迷藏？

水上一晃，
留下美的形象。
谁家靓女？
在漩涡里歌唱。

果断勇敢，
融入惊涛骇浪。
振臂呐喊，
会师拥抱海洋！

1996年1月1日

啊，浪花

浪花在漩涡拼搏，
勇敢面对挑战自我。
小巧玲珑有胆略，
驾驭风暴嬉戏洪波。
成功就在那一闪，
水上呈现银色花朵。
继往开来谱新篇，
反复跳跃快快乐乐。
锐意进取是楷模，
行程千里一路欢歌。
哦哦，聪明伶俐，
流入大海做佼佼者！

在风口浪尖穿梭，
乐观洒脱坚定执著。
奋不顾身向前冲，
乖巧浪漫机灵活泼。
从失败中获教益，
懂得如何战胜挫折。
不惜生命为代价，
积极投入追求卓越。
与汹涌浩瀚汇合，
唱响雄浑壮丽之歌。
哦哦，足智多谋，
拥抱大海潮起潮落！

2014年10月3日

暴雨

你彻底解放了，
哭得那么痛快。
哗哗哗的声响，
热烈洒脱精彩。

意志坚定，
向往美好憧憬未来。
精神振奋，

雷厉风行气势豪迈!

解脱禁锢急坠,
含寄托含信赖。
恨不得一下子,
扑进浩瀚情怀。

活泼可爱,
雄伟壮观激昂慷慨。
融入大海,
绚丽辉煌展示风采!

1984年9月4日

瀑布

瀑布,
跳下山崖。
碎了,
经过摔打。
铸成,
朵朵浪花。
吟唱,
大海恋她!

浪漫,

洒脱气派。
豪迈，
风流慷慨。
尽显，
绚丽多彩，
血液，
融入大海！

1986年9月6日

欢乐的小溪

就像一位靓小妹，
歌声悦耳又清脆。
叮咚叮咚韵味浓，
披星戴月一路追。

在欢乐之中陶醉，
潇洒豪放有智慧。
思恋大海喜相会，
融入浩瀚浪花飞。

啊，纤细的小溪，
风流尽显勇作为！

2014年4月4日

第伍辑

人生感悟

旭日

你慢慢探头好像害羞，
揭开了那块鲜红的红绸。
把炽热的爱献给广袤，
让大地上万物尽情感受。

啊，啊，
通红的旭日通红的火球！

你悄悄露头从容自若，
在寻找什么总不停奔走？
高尚纯洁又豪放爽朗，
燃烧自己热量施放宇宙！

啊，啊，
通红的旭日通红的火球！

1998年1月27日

小草与夕阳

临别给大地披一会彩虹，
就要追赶那段遥远的路程。
我是小草对你无限忠诚，
深情凝望的目光依依送行。

尽兴体味着太阳的温暖，
纯朴善良的秉性坚定从容。
不怕凄风苦雨茁壮成长，
开花结果迎接金色的秋景。

你走了将降临漆黑长夜，
或许星和月点缀多彩晴空。
群星闪烁也不及你明亮，
月亮皎洁却不会散发热能。

清晨旭日东升照耀碧空，
又和大地上万物快乐重逢。
我再次感受你热烈亲吻，
沉醉在鸟语花香的欢笑中！

1999年5月15日

春姑娘

春姑娘把寒冷驱赶走，
大地苏醒景色壮观奇秀。
自然界像巨幅水彩画，
万物生机盎然鼓足劲头。

小草吐翠杨柳抽嫩芽，

广袤的沃野萌生绿油油。
泉水叮咚叮咚放歌喉，
蓓蕾齐绽放百鸟鸣啾啾。

春姑娘构思极其巧妙，
用智慧把绚丽多彩绘就。
充分发挥不懈地追求，
孕育金灿灿沉甸甸的秋！

2014年10月4日

我是星星你是月亮

我是一颗星星，
你是一轮月亮。
相依为命住蓝天，
恩深似海情意长。
夜晚闪烁展示，
点缀碧空迎曙光。
啊，
世上忠贞最珍贵，
肝胆相照奉真诚，
心总往一处想！

充分发挥特长，
星星伴着月亮。

忠于职守敢担当，
甘心为你添辉煌。
即使再过万年，
也不改初衷向往。
啊，
欢聚一堂放声唱，
快乐幸福同分享，
恩爱地久天长！

2014年10月4日

流星

追逐什么呢？
飞速迫不及待，
莫非是赴约？
去谈情去说爱。
我望眼欲穿，
寻找投缘的星伴。
在碧蓝天际，
迎接知己到来。
双双心花开，
我一阵感慨，
爱情呈现精彩！

茫茫的宇宙，

美丽大千世界。
她又划一道，
闪光遥远而去。
我叹息无奈，
有心栽花花不开。
探询问月亮，
月亮要我等待。
千万有耐心，
却不知哪颗，
是我向往的爱?

1985年1月4日

山水恋

水碧，
山青翠，
奇观，
秀美。
水环绕山，
山傍着水。
如诗，
如画，
月亮，
欲陶醉。

山情，

水依恋，

俊俏，

一对。

其乐无穷，

津津有味。

水欢，

山笑，

风流，

孕育美！

1987年5月1日

圆月

皎皎圆月，

是妈妈漂亮的容颜，

满天星星笑眯眯的眨着小眼。

流星匆匆，

向妈妈报告兄弟姊妹齐全，

啊，

火花点燃引爆了炽热的情感！

花好月圆，

在这美好佳节良宵，

聚会欢欣鼓舞个个春风满面。

月夜沸腾，
畅快痛饮叮当叮当碰杯盏，
啊，
湿透大地的露是谁流的泪点？

2000年6月10日

太阳与月亮

一方是霸道，
一方却迁就。
太阳欲来临，
月亮就溜走。

久而久之——

一个霸占夜，
一个把持昼。
听说相爱过，
却反目为仇！

1998年5月3日

皎月

月亮历来不慌不忙，
围绕跟随温暖太阳。

总是保持一定距离，
展示自我独特形象。

尽善尽美风格高尚，
执著追求胸怀坦荡。
发挥优势奉献智慧，
给大地穿一身银装。

皎洁明净柔和恬静，
含情脉脉优雅端庄。
尽职尽责竭尽全力，
驱逐黑暗闪烁光芒。

你赢得大家的赞赏，
收获羡慕贪婪目光。
我是亮晶晶的星星，
将永远相伴你身旁！

2016年6月10日

明月

你率万颗小星，
带头发光。
朝着漆黑的夜，
投去刀枪！

你率万颗小星，
聚集光芒。
捣毁黑暗的夜，
施放能量！

像那太阳，
展示辉煌形象！

2000年6月6日

春

春来到了，
问候大地妈妈好。
和风吹拂，
小溪叮咚弹歌谣。
小草吐绿，
种子萌芽静悄悄。
杨柳婀娜，
山青水碧景色娇。

枝繁叶茂，
小鸟抒情叽喳叫。
百花争艳，
蜜蜂舞蹈蝴蝶笑。

构思精巧,

一幅水彩意境妙。

哪位少女?

给秋送去了喜报!

2013年5月3日

春的婚礼

朝霞是你红润的脸颊,

柳芽是你萌动的念头。

春姑娘天真烂漫活泼,

鼓动春风轻轻送温柔。

闹洞房的小鸟唱啾啾,

嫁给意中人莫要含羞。

自然界一派生机盎然,

清泉叮咚叮咚放歌喉。

广袤沃野是你的产床,

绿被上鲜花艳丽奇秀。

待到秋天你做了妈妈,

率领金儿银女展风流!

1990年4月3日

可爱的春姑娘

春姑娘悄悄来啦，
飘落毛毛雨像轻纱。
种子破土吐嫩芽，
枝繁叶茂蓬勃萌发。
沃野广阔无边际，
碧绿遍布海角天涯。
啊，
春姑娘聪明乖巧，
精心点缀美咱的家！

春姑娘悄悄来啦，
空中悬挂多彩云霞。
鸟语花香微风吹，
山清水秀如诗如画。
她挥动一支巨笔，
描绘大地朵朵鲜花。
啊，
春姑娘天真可爱，
绝妙装点美咱的家！

2015年6月16日

爱

小时候，
我爱雨珠的纯净晶莹，
犹如一颗颗珍珠闪亮透明。

长大了，
我爱雨珠扑落的深情，
沉醉在淅沥淅沥的歌声中。

后来呢，
我爱雨珠编著的巨书，
那硕果累累鲜艳而又水灵。

而如今，
我像雨珠一样去吻绿，
渗透了大地滋润果香花红！

1987年1月13日

种子

我是种子，
埋在地下，
深处扎根，
破土发芽。

风和日暖，
生机盎然，
碧绿托起，
美丽云霞。

阳光照耀，
刚劲挺拔，
雨露滋润，
蓬勃奋发。
枝繁叶茂，
郁郁葱葱，
自然界的，
水彩妙画。

泥土孕育，
滋养长大，
一颗爱心，
盛情表达。
含苞待放，
羞羞答答，
等到秋天，
结金娃娃！

2010年4月1日

谷穗

鞠躬把头低，
奉上深情厚意。
母亲培育我，
心中永远铭记。

不贪图回报，
默默的去给予。
还要做种子，
绿色覆盖大地。

风雨何所惧？
意志坚定不移。
我呀是谷穗，
赤胆忠心刚毅！

2018年8月13日

嫁接

为孕育一个黄澄澄的金秋，
让金灿灿的硕果挂满枝头。
以另一种甜美以另一种馨香，
以另一种品味以另一种风流。
以另一种新鲜以另一种俊秀，

创造一种新风格一种独有。

展现一个脱颖而出的你我，
奉献给人们一种新的感受。
心往一处想默默思恋情趣投，
融为一体充分发挥相互忠厚。
不是一类别朝一个目标奋斗，
团结一致共同发展争上游！

2000年1月16日

我是……

小溪叮咚叮咚欢歌，
我是小浪花快乐跳跃。
兴致踏着轻柔节拍，
寻找波涛滚滚的江河。

太阳温暖光芒照射，
我是露珠依偎着绿叶。
就要抖落滋润土壤，
点缀万紫千红的花朵。

金秋枝头挂满硕果，
我是完成使命的秋叶。
即将扑向母亲怀抱，

融入大地促使她肥沃。

北风呼啸千里冰封，
我是空中飞舞的白雪。
就等待春天的来临，
让绿色生命更加蓬勃！

2013年9月10日

根

与土为伴，
始终隐身藏起来。
悄悄勾画，
一幅蓝图好精彩。

绿色覆盖，
点缀大地百花开。
硕果累累，
十月金秋添异彩！

爱的执著，
毫不保留真慷慨。
内心世界，
极力展示多气派。

默默奉献，
年年探求风流在。
周而复始，
继往开来情满怀！

2012年1月9日

根与花

隐蔽去，
害羞不露吗？
无声色，
深情恋泥巴。
清馨溢，
缀红俊脸颊。

注目的，
历来都是她。
露俏的，
是暗巧打发。
默默地，
襟怀多博大！

根无闻，
花香飘天涯。
根与花，

配合极融洽。
雨滴嗒，
悄问君做啥？

2012年4月13日

默默的根

展示碧绿百花艳，
枝繁叶茂干挺拔。
待到金秋添俊俏，
硕果累累枝头挂。
浓墨描绘丰收画，
啊，
流光溢彩，
藏在地下巧谋划！

谦虚谨慎人人夸，
隐身埋名泥里扎。
默默无闻供养分，
给秋结下金娃娃。
积极作为贡献大，
啊，
乐观向上，
你既平凡又伟大！

2014年4月4日

参天大树

大树审视着自己，
粗壮坚硬的躯骨。
心里特别坦然，
无私无畏气质非凡，
忠心耿耿豁达大度。
愿负重当栋梁，
甘做一根擎天柱，
也愿铺轨当枕木。
听从安排服从派遣，
信念坚定有抱负。
回首走过来的路，
不惧怕环境差，
无论条件多艰苦！

脚踏实地向蓝天，
奋发长成参天树。
一圈一圈年轮，
载明搏击风雨经历，
练就一身铮铮铁骨。
心潮此起彼伏，
感谢大地的恩爱，
难忘春风的吹拂。
思念阳光温暖照耀，
铭记滋润的雨露。

它著完一部巨著，
是自己的传记，
成长史诗《风云录》……

2013年1月4日

严寒中的大树

无花相伴，
难露出一叶绿片。
只剩下了，
光秃秃的枝与干。
周身寒彻，
悲凄在狂风中抖颤。
仰空长叹，
倾吐苦衷诉恩怨。
虽有阳光，
却抵挡不住严寒。
一颗思恋，
渴望暖融融的春天！

熬过冷酷，
迎来了花开春暖。
憋足劲头，
一身豪气都是胆。
舒心坦然，

吐着碧绿尽情施展。
阳光照耀，
雨露滋润了心田。
和风吹拂，
枝叶向四处伸展。
躯干挺拔，
浓荫覆盖支撑蓝天！

1997年2月12日

严寒中的大树

无叶相伴，只身勇敢，
根扎悬崖枝头耸入云端。
高高挺立，铜枝铁干，
心中燃烧一团熊熊火焰。

北风吹吧，铮骨不弯，
雪花飘吧，练就一身胆。
冬日的阳光难挡严寒，
思恋期盼暖融融的春天！

历经三九，千锤百炼，
远方传来喜讯花开春暖。
憋足劲头，挺直腰杆，
一身豪气洒脱风流尽显。

冰天施压，更加伟岸，
寒流袭击，仍从容乐观。
东风吹拂把冷酷驱赶，
枝繁叶茂点缀美了春天！

2013年5月16日

向阳花

少女的形象，
俊俏的脸庞。
大方又开朗，
永远朝向那颗深情献吻，
炽烈的太阳。

太阳告辞了，
她低头沉思，
坦然如往常。
但愿长夜去，
没有瞟过一眼给披银装，
殷勤的月亮。

少女的形象，
相貌好漂亮。
尽情地舒展，

深深领受体味着暖融融,
太阳的光芒。

皎洁的月亮,
用银丝点缀,
为她巧梳妆。
她目视远方,
望见回归的太阳赶路忙,
期待迎曙光!

2000年4月3日

树叶对大树说

为你萌生,
叶茂枝繁,
沙沙沙歌唱阳光灿烂。
形影不离,
朝夕相伴,
碧绿盎然点缀美春天。
金秋像首,
多情诗篇,
树枝坠弯硕果沉甸甸。
我的使命,
圆满完成,
凝望着大树依依留恋!

度过春夏，
深秋冷寒，
我日夜陪伴在你身边。
没有叹息，
也不遗憾，
期待春风吹拂百花艳。
魂牵梦绕，
迎接来年，
对大地母亲倍加思念。
毅然飘落，
舞姿翩翩，
将化作肥料沃土腐烂！

2015年6月3日

绿叶

虽不是秋天的硕果，
却是春天的生机勃勃。
雨露滋润阳光照耀，
和伙伴们轻盈舞婆娑。

笑迎日出送走日落，
每一天我都快快乐乐。
风吹雨打更加坚强，

成长中不断完善自我。

报效母亲始终不懈，
一生为大地咏唱赞歌。
我是精灵的小天使，
默默点缀美丽的秋色。

胸怀坦荡浪漫洒脱，
追求完美是我的品格。
即使被秋风给打落，
也要化作泥土育绿叶！

2011年1月1日

我是一片小小绿叶

我是一片小小绿叶，
接受春姑娘派遣的使者。
性格乐观积极向上，
置身投入崭新世界。
点缀大地朝气蓬勃，
沙沙沙歌唱心中的愉悦。
期待百花怒放争艳，
啊，迎接大丰收，
金灿灿的沉甸甸的硕果！

我是一片小小绿叶，
追求高雅完美信念执著。
敞开胸怀坦坦荡荡，
恪守忠诚履职尽责。
完成了历史的使命，
秋天绚丽多彩果实丰硕。
于是毅然翩翩飘落，
啊，腐烂成肥料，
为来年碧绿再增添红火！

2015年6月13日

苞

情窦还未开，
俏女藏里头。
时值欲成熟，
相思含怯羞。

不肯再独守，
随即吐芳秀。
感受新生活，
脉脉蕴温柔。

浪漫写春秋，
潇洒显风流。

情意缠绵绵，
快乐喜悠悠。

春天花盛开，
坦然去追求。
绽放展示美，
飘逸馨香稠！

1990年1月3日

牡丹

百花之中你是魁，
鲜艳亮丽显妩媚。
积极作为心灵美，
蜜蜂舞蹈蝴蝶围。
气质高雅耐寻味，
就像漂亮小妹妹。
啊，
你把爱心奉给谁？
淳朴善良格外美！

纯洁时尚又高雅，
和风吹拂飘芳菲。
生机勃勃情趣浓，
尽善尽美有智慧。

争奇斗艳献真诚，
年年展示育新蕾。
啊，
来自大地给大地，
装扮母亲格外美！

2017年5月6日

小草

一生竭力展现一丝绿，
充分投入发挥自己。
把希望的种子抖落了，
临终甘甜一番追忆。

深情回报孕育的大地，
笑谈风雨袭雷电击。
起伏的心潮无忧无虑，
问心无愧没有叹息！

哦，小草，哦，小草，
我曾经被你感动哭泣！
哦，小草，哦，小草，
一路走来那么不容易！

1990年8月12日

赞花

花朵枯萎，
把心给谁？
嫩果点头，
致意欣慰。
抛砖引玉，
难能可贵。
描绘金秋，
硕果累累。

尽职尽责，
勇于作为。
注重奉献，
风流一辈。
干瘪蜷缩，
失去妩媚。
欣然飘落，
腐烂成肥！

2013年5月4日

小草颂

先吐绿与春同步到，
点缀生机盎然添娇。

就是身躯，
纤细矮小的小草。
自强不息执著进取，
搏击风雨不屈不挠。
啊，
伸展双臂，
深情将蓝天拥抱！

长在高山长在洼地，
只求奉献不图回报。
胸怀博大，
又有高尚的情操。
从不为名利而计较，
极力发挥完美独到。
啊，
腐烂成肥，
还给大地做养料！

2012年4月13日

我是一棵小草

我是一棵小草，
不择地势萌新芽。
执著追求信念，
任凭风吹和雨打。

乐观向上奋发，
镇定自若又潇洒。
充分展示自我，
将碧绿奉献大地妈妈！

我是一棵小草，
喜欢平淡与高雅。
期待金秋丰硕，
金光灿烂像诗画。

把种子抖落了，
春天到来再萌发。
年年迎春报喜，
我还要生根还要开花！

2014年4月4日

敞开心扉的小草

生根发芽，
相传辈辈，
竭尽全力勇作为。
发挥优势，
不亢不卑，
不屈不挠显神威。

暴风骤雨，
能奈我何？
顽强生长笑面对。
格调高雅，
精神振奋，
追求时尚求完美！

奋发向上，
充满智慧，
情系大地育新蕾。
真诚奉献，
无怨无悔，
默默无闻春风吹。
喜迎朝霞，
敞开心扉，
鸟语花香惹人醉。
将那种子，
悄悄抖落，
年年与春喜相会！

2015年6月9日

无名小草

乐观向上仰天笑，
我是棵无名小草。

春天来临先发芽，
问候大地妈妈好。

和风将我轻轻吹，
太阳光芒把我照。
积极进取热情高，
风流尽显展风貌。

勇敢与命运抗争，
自强不息是信条。
根牢牢抓住泥土，
坚韧不拔迎风暴。

金秋飘香景色娇，
悄悄把籽抖落掉。
没有叹息和遗憾，
默默腐烂做肥料！

2013年9月3日

小草的自述

我虽渺小，
但很坚强，
野生繁殖沟壑小径旁。
羡慕牡丹，

高雅艳丽，
欣赏玫瑰绽放溢馨香。
坚定信念，
不卑不亢，
根须深扎贫瘠的土壤。
暴风骤雨，
任随嚣张，
恶劣环境照样能生长！

大地恩慧，
永远不忘，
感谢照耀温暖的阳光。
甘露滋润，
生机勃勃，
顽强的生命走向辉煌。
放飞希望，
成就梦想，
把绿捧给蓝天和太阳。
胸怀博大，
充分发挥，
抖落种子来年再兴旺！

2014年10月7日

小草与籽

小草一生命运历尽坎坷，
深秋时叶子蜷缩衰老枯黄。
骤然天昏地暗暴风呼啸，
身躯被抽打心灵遭受重创。

籽儿抖落随风到处飞扬，
吹得一阵昏晕不知道方向。
最终在泥缝里站稳脚根，
急切的探出头大声呼唤娘。

幼小种子躺在大地怀抱，
体味雨露滋润沐浴着阳光。
生根发芽在沃土里成长，
春天就是一片绿色的海洋！

1990年1月28日

无花果

你呀朴素无华，
别具一格。
没有经过花开花落，
仍结硕果。
省略那个过程，

照样获得，
自成体系堪称开拓。
啊，
我赞美你，
标新立异成功探索！

改变传统模式，
受益规则。
不恋花香钟情孕育，
果实丰硕。
独树一帜长在，
漫山遍野，
一个奇迹由你突破。
啊，
我歌唱你，
超凡脱俗独特风格！

2012年4月6日

春天走了还会来

春天走了还会来，
花儿谢了能再开。
种子悄悄吐新芽，
杨柳依依展精彩。

叽叽喳喳喜鹊叫，
少女舞姿好轻快。
风和日丽春意浓，
万紫千红花盛开。

如诗如画意境美，
执著追求情满怀。
敢于争先创辉煌，
风流尽显豪气在。

阳光照耀暖融融，
情撒大地献真爱。
画师挥毫绘蓝图，
莺歌燕舞唱未来！

2017年8月26日

我是一片秋叶

我是一片，
小小金黄色的秋叶。
潇洒浪漫，
一场萧瑟秋风刮过。

憧憬美好，
执著地追求完善自我。

一路走来，
遭风吹雨打饱经坎坷。

我是一片，
小小金黄色的秋叶。
大地辽阔，
收获沉甸甸的喜悦。

多么自豪，
圆满完成任务的使者。
即将回归，
飘落腐烂成肥壮绿禾！

2013年1月18日

金色的秋叶

春天的使者，
沙沙沙吟歌。
浪漫又潇洒，
披星戴明月。

喜迎金秋到，
枝头挂硕果。
终于盼来了，
沉甸甸的收获！

迎接新挑战，
敢超越自我。
不断的完善，
寻求新突破。

将化作肥料，
使土壤肥沃。
垂首望大地，
轻盈翩翩而落！

2014年4月1日

麦粒与麦壳

结实的麦粒沉甸甸，
身体长得又胖又圆。
常常夸口能当种子，
还能做美餐自命不凡。
于是对麦壳瞟冷眼：
"哼，
瞧瞧如此轻飘，
微风就把你吹老远！"

曾经是麦粒的摇篮，
一生守护日夜陪伴。

唯恐风吹雨打摧残，
就用身躯把麦粒裹严。
麦壳感慨一声长叹：
"唉，
忘记那个时候，
必须得由我来包含！"

1996年6月10日

蘑菇

雨后，
支撑什么雨伞？
可惜，
错过了节骨眼。

你呀，
真是个马后炮！
雨时，
躲到哪儿去了？

2010年5月1日

高山顶上有棵小草

高山顶上，
有棵小草。

醉得随风，
东歪西倒。
不可一世，
自负高傲。
望着山下那棵大树，
得意忘形，
抛一个鄙笑：
　"啊哈，
我比你高，
你是我的小兄弟了！"
那棵大树，
没有作声，
只是回敬，
微微一笑……

2010年1月23日

我是绿叶喜欢蕾

我是绿叶喜欢蕾，
一奶同胞亲姊妹。
配合默契显妩媚，
锦上添花俏点缀。

品位高雅飘芳菲，
乐在其中欲陶醉。

憧憬未来笑声脆，
盼与金秋快相会！

我是绿叶喜欢蕾，
珍惜爱护日夜陪。
含苞待放像少女，
蜂飞蝶舞把春绘。

感谢太阳送温暖，
牢记雨露赐恩惠。
深情厚意有韵味，
硕果累累金秋美！

2014年10月29日

蚕

在自由王国的天地，
你偏偏想尽办法孤独，
将手脚牢牢地束缚。
于是封闭，
进出的洞口，
遮严一双远望的明目。

哦，蚕哟，蚕哟，
竟然把自己害的好苦！

在五彩缤纷的世界，
你思想保守坚持顽固，
步入歧途义无反顾。
子孙后代，
都沿袭老路，
怎么不总结经验醒悟？

哦，蚕哟，蚕哟，
把自己送进死亡坟墓！

2000年6月13日

愚昧的蚕

蚕的性格，
真够古怪。
想尽办法，
与外界隔开。
辛苦吐丝，
秉性难改。
织就孤独，
谁也不接触，
断绝往来。

义无反顾，

责无旁贷。
默默无闻，
耕耘有期待。
我却为它，
垂泪悲哀。
小小丝屋，
竟成为蚕的，
葬身棺材！

2000年6月5日

喜鹊

叽叽喳喳，
尽唱赞歌。
就美在嘴了，
奉上笑脸，
添韵加色。
因此获大奖，
哦，喜鹊！

只凭巧嘴，
夸口叫绝。
巧嘴真灵啊，
投其所好，
察言观色。

大家称赞你，
哦，喜鹊！

2010年8月2日

鱼和青蛙

鱼把青蛙讥：
爱好不专一，
与水能分离，
一跃登河堤。

青蛙回答鱼：
存在靠自己，
河干要生存，
咱都无双翼！

2000年5月5日

乌鸦和瘸腿喜鹊

乌鸦娶了老婆，
是个瘸腿老喜鹊。
乌鸦交上好运，
分管若干只鸟雀。

瘸喜鹊总炫耀，

不务正业去游说。
夸老公能力大，
办事公道都正确。

乌鸦名声大振，
跟随不少吹捧者。
同流合污作孽，
惹出乱子纠纷多。

瘸喜鹊巧嘴舌，
拨弄是非会推脱。
吹嘘招摇撞骗，
吃香喝辣好红火！

2014年10月9日

天地姻缘

春雨淅沥淅沥，
你是高天的泪么？

大地默默，
哦，千里银线已点破。

天与地结成了圆，
是天然姻缘么？

种子悄悄萌动了，
忠贞正孕育着一首
金灿灿沉甸甸的秋歌。

1985年5月

我与嫦娥会晤

举手抚青天，
星星亮闪闪。
嫦娥来助兴，
相邀舞蹁跹。

饮酒互碰盏，
关照问冷暖。
结伴而同行，
重游赴江南！

2010年1月5日

后　记

　　年轻的时候，我就酷爱文学，业余时间喜欢写诗。2010年5月我的一部600首的诗集《浪花吟》由四川大学出版社出版。该书由首都图书馆、天津市图书馆、四川省图书馆、四川大学图书馆及复旦大学图书馆、厦门大学图书馆等67个图书馆收藏。

　　我退休以后，从2009年起学写歌词，发表在音乐刊物上有380余首，由作曲家谱成歌曲的300余支。本书选入的歌词，均在音乐刊物上发表过，我编纂完该书后，心情久久难以平静，这也是我用心血换来的成果啊！歌词记录了我的所思所爱，向往与追求。有时我会扪心自问：大家喜欢我写的歌词吗？真的，我对自己写的稿子就没有满意过。不过这几年，近20名作曲家为我的歌词谱曲，均在音乐刊物上发表。歌词须短小精练，脍炙人口，创意既要新颖，文字又要简洁流畅，人们对歌的理解全凭的是听觉，一听便懂才行。我努力了，为了给读者留下积极向上和美的启迪，使其能从中获益。我主观上这样去做，可由于水平有限仍存在不少问题，让我不禁一阵汗颜！作品有好坏，作者要多听取别人的意见。兼听则明，评价权要交给读者。角度不同审美也不同。歌词是一门另类艺术，十几句话百十余个字，就要反映一个完整的故事，阐明一个历史事件，甚至要概括事情全貌。2011年1月我的歌词《浪花颂》和《小河的钟情》登载在音乐刊物上，被河北省作曲家左玉龙老师看中。不久，左老师就为歌词谱曲刊发。让我高兴的是，我的歌词终于被作曲家认可，谱曲成歌。后来，我与左老师结成音乐挚友。截至目前，河北省左玉龙老师为我的歌词谱曲200余首，海南省陈大同老师为我的歌词谱曲60多首，福建省姜南云老师为我的歌词谱曲30多首，山东省秦克新老师为我的歌词谱曲8首，还有为我的歌词谱曲的十几位作曲家，在此，我向他们表示感谢！歌词集《朝向未来》，该书即将问世与读者见面，敬请专家学者和同仁们，以及关心我的朋友们，提出宝贵的意见不吝赐教。如果作曲家对其中某首歌词感兴趣，就请为它谱上不同的曲调，我深深的表示谢意！

在此，我向四川大学出版社的编辑们，为该书所付出的劳动表示感谢，向为该书的出版做出大量工作的女儿温珍英表示感谢！

作者

2020年2月16日于成都